夜之屋

Jo Nesbø
The Night House

［挪威］尤·奈斯博 著　车家媛 鲁锡华 译

NATTHUSET (THE NIGHT HOUSE)
Copyright © 2023 by Jo Nesbø
Published by agreement with Salomonsson Agency, through The Grayhawk Agency Ltd.

© 中南博集天卷文化传媒有限公司。本书版权受法律保护。未经权利人许可，任何人不得以任何方式使用本书包括正文、插图、封面、版式等任何部分内容，违者将受到法律制裁。

著作权合同登记号：字 18-2024-322

图书在版编目（CIP）数据

夜之屋 /（挪）尤·奈斯博著；车家媛，鲁锡华译. -- 长沙：湖南文艺出版社，2025. 5. -- ISBN 978-7-5726-2336-3

Ⅰ . I533.45

中国国家版本馆 CIP 数据核字第 2025W70116 号

上架建议：畅销·悬疑小说

YE ZHI WU
夜之屋

著　　者：	［挪威］尤·奈斯博
译　　者：	车家媛　鲁锡华
出 版 人：	陈新文
责任编辑：	张　璐
监　　制：	吴文娟
策划编辑：	董　卉
特约编辑：	赵浠彤
版权支持：	张雪珂
营销编辑：	傅　丽
封面设计：	利　锐
出　　版：	湖南文艺出版社
	（长沙市雨花区东二环一段 508 号　邮编：410014）
网　　址：	www.hnwy.net
印　　刷：	天津丰富彩艺印刷有限公司
经　　销：	新华书店
开　　本：	875 mm × 1230 mm　1/32
字　　数：	168 千字
印　　张：	6.75
版　　次：	2025 年 5 月第 1 版
印　　次：	2025 年 5 月第 1 次印刷
书　　号：	ISBN 978-7-5726-2336-3
定　　价：	49.00 元

若有质量问题，请致电质量监督电话：010-59096394
团购电话：010-59320018

/ 目录 contents /
NATTHUSET

第一部
1

第二部
135

第三部
183

PART ONE

第一部

1

"你……你……你……你疯了。"汤姆说,看得出来他很害怕,因为他比平时多结巴了一次。

我仍然把卢克·天行者人偶举过头顶,准备逆着水流,把它往河的上游扔去。一声尖叫在河流两岸的茂密森林中回响,仿佛在发出警告。那听起来像乌鸦的叫声。但我不愿被汤姆或乌鸦吓倒,我想看看卢克·天行者会不会游泳。此刻它已经飞到了空中。春日的阳光照到刚刚长出嫩叶的树梢上,缓慢旋转的塑料人偶不时反射光芒。

卢克扑通一声落到了水里,所以它肯定不会飞。我们看不到它了,只看得到河面上泛起的一圈圈波纹。河里的冰雪融水汹涌地流着,让我想到一条粗壮的蟒蛇,一条朝我们滑行过来的水蟒。

去年,十四岁生日刚过,我搬到了这个鬼地方和亲戚住在一起。我不知道住在巴兰坦这种鬼地方的孩子是如何让自己免于无聊到死的。但汤姆告诉我,眼下,在春……春……春天,这条河又可怕又危险,而且家里人严格要求他远离这条河,这至少给了我一点头绪。说服汤姆并不困难,因为他和我一样没有朋友,根据种姓制度,我们都属于贱民阶级。在今天早些时候的一次课间休息中,小胖给我讲了种姓制度,只是他说我属于食人鱼[①]种姓,这让我想起了那些牙齿像锯齿,可以在几分钟内把一头牛撕得只剩骨架的鱼,所以我不禁觉得这

[①] 原文为piranha,与pariah(贱民)发音相似。——编者注

听起来是一个很酷的种姓。直到小胖说我和我的种姓比他——这头大肥猪——还低劣,我才不得不揍了他。不幸的是,他告诉了老师——我称她为鸟鸣小姐,然后她就给全班上了一堂关于要与人为善以及不善之人会如何(简而言之就是他们最终会一败涂地)的德育课,在那之后,毫无疑问,我这个城里来的新恶霸便属于食人鱼种姓了。

放学后,汤姆和我来到河边,走到森林里的那座小木桥上。当我从包里拿出卢克·天行者时,汤姆瞪大了眼睛。

"你……你……你从哪里弄来的?"

"你觉得呢,笨蛋?"

"肯……肯……肯定不是在奥斯卡家的玩具店里买的。他们卖光了。"

"奥斯卡家?那个小破店?"我大笑一声,"可能是我搬到这里之前,在城里在一家像样的玩具店里买的。"

"不可能,因为这是今年的新款。"

我更加仔细地看了看卢克。这个人偶真的发布了新款吗?卢克·天行者不一直都是那个愚蠢的英雄吗?我从来没有想过事物竟然会变化,比如达斯和卢克也可能互换位置。

"或许我是弄到了一个样……样……样品呢。"我说。

汤姆看起来像被我揍了一样,我猜他不喜欢我模仿他的口吃。我也不喜欢,但就是忍不住。一直都是这样。如果人们还没有讨厌我,我很快就会让他们讨厌我,就像卡伦和小奥斯卡这样的人会条件反射式地保持微笑并且友善待人,好让每个人都喜欢他们一样,不过我是反其道而行之。并不是我不想被人喜欢,只是我知道他们无论如何都不会喜欢我。所以我就先发制人:我让他们按照我的方式不喜欢我。所以他们恨我,但同时又有点害怕我,不敢惹我。就像现在,我看得出汤姆知道卢克是我偷来的，但他不敢大声说出来。我是在去小奥斯卡家参加班级聚会时拿的，当时，每个人——连我们这些食人鱼种姓的人——都受到了邀请。他家的房子还可以，没有大而花哨到令人讨厌的地步，但最令人恼火的是奥斯卡的父母太傲慢了：房子里到处都是最酷的玩具，可以说那里是一位父亲所能提供的最好的玩具店了。变形金刚、雅达利游戏卡带、魔力8号球，甚至还有一台还未发售的任天堂Game Boy游戏机。丢了一个玩具，奥斯卡也不会在乎吧？他可能都注意不到。好吧，我当时看到卢克·天行者像一个毛绒玩具一样被塞在被子里，所以如果它丢了，他应该会在意的。我想说，人到底能有多幼稚？

"它……它……它在那儿！"汤姆用手指着远处。

卢克的头露出了水面，正以极快的速度向我们漂来，仿佛在河里仰泳。

"挺好。"我说。

人偶消失在了桥下。我们走到另一侧，它又出现了，带着愚蠢的浅笑抬头看着我们。说它愚蠢，是因为英雄不应该微笑。英雄应该战斗，他们应该带着坚忍不拔的神情，他们应该表现出对敌人的憎恨，就像对……随便什么的憎恨那样。

我们站在那里，看着卢克渐渐漂走，漂向外面的世界，漂向未知。漂向黑暗，我想。

"现在我们做点什么呢？"我问道。我已经有点坐立不安了，我需要摆脱这种感觉，而唯一的方法就是做点什么来转移我的注意力。

"我……我……我要回家了。"汤姆说。

"先别走，"我说，"跟我来。"

我不知何故想到了森林边缘的主干道旁小山坡上的电话亭。在巴兰坦这么小的地方,竟然有一个电话亭设在那儿,真是一件怪事。我从未见过有人使用它或靠近它,只是偶尔有车经过。当我们到达红色的电话亭时,太阳沉得更低了,现在还是早春,天黑得很早。汤姆不情愿地跟在我后面,他可能不敢反驳我。而且,正如我所说,我们都没有什么朋友。

我们俩挤进电话亭,当电话亭的门在我们身后关上时,外界的声音都变得含糊不清了。一辆卡车驶过,车胎上沾满了泥,巨大的原木从挂车尾部伸出来。卡车沿着主干道行驶然后驶出了我们的视野,主干道像一条直线,穿过平坦单调的耕地,经过城镇,朝县的边界延伸而去。

电话和硬币盒下面的架子上有一本黄色的电话簿;它不是很厚,但显然足以容纳所有——不是巴兰坦,而是全县——的电话号码了。我开始翻阅电话簿。汤姆沮丧地看着他的手表。

"我……我……我答应了回家时间不晚于——"

"嘘!"我回应。

我的手指停在了"伊姆·乔纳森"上面。奇怪的名字,他可能是个怪人。听筒是用金属电缆固定在硬币盒上的,好像人们害怕有人会把电话拆开,然后拿走灰色的听筒一样。我把它拿起来,然后敲击闪亮的金属按钮,拨打"伊姆·乔纳森"的电话号码。只有六位数,我们城里的电话号码是九位数,不过我想他们不需要那么多,毕竟这里的人少到每个居民都能分到四千棵树。随后,我把听筒递给汤姆。

"嗯……嗯……嗯?"他惊恐地盯着我。

"说'嘿,伊姆,我是魔鬼,我邀请你下地狱,因为那是你的归宿'。"

汤姆只是摇了摇头,并把听筒递回给我。

"快点,笨蛋,否则我就把你扔到河里。"我说。

汤姆——班上最小的男孩——畏缩了,整个人看起来更小了。

"我开玩笑的。"我笑着说。即使在狭小、近似真空的电话亭里,我的笑声听起来也很陌生。"来吧,汤姆,想想明天我们到学校把这件事告诉其他人会多有意思。"

看得出来他体内有东西在骚动——想给人留下深刻印象的念头。对一个从未在任何事情上给任何人留下深刻印象的人来说,这显然值得认真考虑。但事实上,我说的是"我们"。他和我。两个朋友在一起开玩笑,打一个恶作剧电话,站在那里笑得晕头转向,当听到电话另一端那个可怜的家伙怀疑是魔鬼打来了电话时,我们不得不互相搀扶着,以免笑得瘫倒在地。

"喂?"

声音是从电话听筒里传出来的。听不出是男人还是女人,是成年人还是孩子。

汤姆看着我。我急切地点了点头。他笑了,带着得意的笑容,把听筒举到耳边。

我只张嘴没出声,汤姆看着我,把我的话重复出来,丝毫没有结巴。

"嘿,伊姆。我——是——魔——鬼,我——邀——请——你——下——地——狱,因——为——那——是——你——的——归——宿。"

我用手捂住嘴,表明快憋不住要笑出声了,然后用另一只手示意他挂断电话。

但汤姆没有挂电话。

相反,他站在那里,听筒贴在耳边,但我能听到电话那头低沉的说话声。

"但……但……但……但是……"汤姆突然脸色惨白,结巴着说。他屏住了呼吸,苍白的脸凝固在惊愕的表情中。

"不。"他轻声说,然后抬起胳膊肘,看起来像是在试图把听筒从耳朵上拉开。然后他的声音越来越大,重复道:"不。不。不!"他把那只空着的手撑在电话亭的玻璃上,好像想把它当作支撑。然后——伴随着一声虚弱疲惫的叹息——听筒被挣脱了,但我看到上面粘着什么东西。血从汤姆的侧脸流下,从衬衫领口往下流。接着,我注意到了电话听筒。我简直不敢相信自己的眼睛:他的半只耳朵嵌在沾满鲜血的带孔听筒上。而接下来发生的事情则让人无法理解。首先,血被细小的黑洞吸走了,然后——一点一点地——那块耳朵消失了,就像剩饭从水槽的排水孔被冲下去了一样。

"理查德,"汤姆用颤抖的声音低声说,他的脸颊被泪水打湿了,他显然没有意识到半只耳朵不见了,"他……他……他……他说你和我……"他把手放在听筒的通话端,阻止另一端的人听到,"我……我……我……我们要……"

"汤姆!"我大喊道,"你的手!快扔掉电话!"

汤姆低下头,此时才意识到他的手指已经有一半进入了听筒。

他抓住听筒的一端,试图挣脱被困的手。但并没有用,相反,听筒里开始发出吧嗒吧嗒的声音,就像我叔叔弗兰克喝汤时的声音一样,他的手越来越多地被吸入听筒。我也抓住了听筒,试图把它从汤姆身上拉开,但无济于事,听筒几乎要把他的小臂完全吞下了,已经到了肘部,仿佛他和听筒融为了一体。伴随着我的尖叫,汤姆身上发生了一些奇怪的事情。他抬头看着我,露出了笑容,好像并没有那么疼，好像因为一切都太荒谬了所以忍不住笑了起来。他也不流血了，仿佛听筒做了我读过的一些昆虫对猎物所做的事：向猎物体内注入某种东西，把肉变成果冻状的东西，然后直接吸食。但接着听筒移到了他的肘部，听上去就像你把不该放的东西放进了搅拌机里一样，它们发出了刺耳的嘎吱嘎吱的磨碎声，现在汤姆也尖叫了起来。他的胳膊肘弯曲着，好像有东西想从皮肤下面钻出来。我踢开身后的门，站在汤姆身后，用双臂揽住他的胸部，努力往外拉。我只把汤姆拉出来了一半，电话线被拽出了电话亭，而听筒还在啃咬他的上臂。我又把门砰的一声关上，希望它能砸碎电话听筒，但电话线太短了，门只能一直撞在汤姆的肩膀上。汤姆号叫着，我用尽力气把他往后拽，鞋跟都在地面上钻出了坑。但我的鞋子却一厘米一厘米地在潮湿的土壤上滑向电话亭，我耳边还有连汤姆的嘶吼都无法掩盖的令人作呕的咀嚼声。汤姆被不明力量慢慢拖回电话亭——我不知道这力量来自哪里，也不知道它是什么。我坚持不住了，不得不松开抱在他胸前的双手，不久，我就只能站在外面，拉着他从门缝里伸出来的手臂了。电话听筒正要啃上汤姆的肩膀，这时，我听到一辆车驶来。我放开汤姆的手臂，朝公路跑去，一边尖叫一边挥手。那是另外一辆满载原木的卡车。但我没赶上，只看到卡车的尾灯消失在昏暗中。

我跑了回来。四周安静了，汤姆已经不再尖叫。电话亭的门关上了。我把脸贴在电话亭的小块玻璃上，玻璃内壁上凝结了水汽。但我可以看到汤姆。他看到了我，沉默着，脸上带着猎物停止挣扎并接受命运时的顺从表情。电话听筒已经来到了汤姆的头部，它吃下了他一边的脸颊，现在啃到了汤姆裸露的牙套，牙套发出清脆的断裂声。

我转过身，靠在电话亭上，身体滑了下来，一屁股坐在了地上，一股液体从我的裤子里渗了出来。

2

我坐在警察局走廊里的椅子上。这时已经很晚了，肯定过了睡觉时间。我看到警长在走廊的另一端。他长着一双小眼睛，一个朝天鼻——我能看到他的鼻孔，这让我自然而然地想到了猪。他一边用拇指和食指抚摸着垂在嘴巴两侧的胡须，一边跟弗兰克和珍妮交谈。我就是这样称呼他们的，如果有一天你突然被他们接走并告知从现在起你将和他们一起生活，而此前你从未见过他们，这种情况下叫他们叔叔阿姨感觉很奇怪。我突然冲进家门，告诉他们汤姆的遭遇时，他们只是盯着我看。然后弗兰克给警长打了电话，警长又给汤姆的父母打了电话，随后让我们来警局。我回答了很多问题，然后坐在那里等着，警长则派人去电话亭，开始搜查现场。然后我不得不回答更多的问题。

弗兰克和珍妮似乎在和警长讨论什么，偶尔朝我瞥一眼。但显然他们达成了某种共识，因为弗兰克和珍妮走到我面前，两个人都一脸严肃。

"我们可以走了。"弗兰克说，然后朝出口走去，珍妮则把一只手放在我的肩膀上，以示安慰。

我们坐进他们的日本小汽车，我坐在后座上，大家都一言不发。但我知道用不了多久他们就会开始审问我。弗兰克清了清嗓子。一次，然后又清了一次。

弗兰克和珍妮很善良。有人会说，是过于善良。去年夏天，我刚到这里，就在废弃的锯木厂前点燃了又长又干的枯草，如果叔叔和五个邻居没有及时赶到，真不知道会发生什么。显然，这让弗兰克格外难堪，因为他是消防站的负责人。尽管如此，我并没有被训斥或惩罚，反而得到了安慰，他们可能认为我是因为过去的事情而发疯了。然后，晚饭后，他像现在一样清了清嗓子，含糊地说了一些"不要玩火柴"之类的话。就像我说的，弗兰克是消防队队长，珍妮是一名初中老师，我不知道他们在工作中是如何维持纪律的——当然，假设他们做到了吧。弗兰克再次清了清嗓子，他显然不知道该从哪里开始。所以我决定让他轻松一点。

"我没有撒谎，"我说，"汤姆被电话吃掉了。"

沉默。弗兰克无奈地看了珍妮一眼，算是把球踢给她。

"亲爱的，"珍妮轻声说道，"现场没有找到证据。"

"有的！他们在地上发现了我鞋跟打滑的痕迹。"

"没有汤姆的痕迹，"弗兰克说，"什么都没有。"

"电话吞噬了一切。"很明显，这听起来有多疯狂。但我该说什么呢？电话没有吃掉汤姆？

"警长怎么说？"我问道。

珍妮和弗兰克又看了彼此一眼。

"他认为你惊魂未定。"弗兰克说。

对此我无法反驳。我想我当时确实吓坏了：全身麻木，口干舌燥，喉咙疼痛。就好像我想哭，但眼泪被什么东西堵住了，流不出来。

我们到达了电话亭所在的小山坡。我本以为会在它周围看到很多灯光和搜索队伍，但它就立在那里，像往常一样，黑漆漆，孤零零。

"可是警长答应过他们会来找汤姆的！"我大喊道。

"他们正在找，"弗兰克说，"在下游的河边。"

"在河边？为什么？"

"因为有人看到你和汤姆走进森林，朝桥的方向走去。警长说，他问你有没有去过河边时，你说没有去过。你为什么那么说？"

我咬紧牙关，凝视着车窗外。我看着电话亭消失在身后的黑暗中。警长没有告诉我有人见过我们。也许他是在和我谈话后才知道的。而且谈话不是正式讯问，他一直强调这一点。所以我想不必把什么都告诉他，至少不用告诉他那些与此无关的事情，比如被偷来的卢克·天行者人偶，或是汤姆做了他父母告诫他并不能做的事情。你不能告发朋友。但目前看来我们还是被发现了。

"我们只是在桥上站了一会儿。"我说。

弗兰克打了转向灯，把车停在路边。他转向我。在黑暗中我几乎看不到他的脸，但我知道现在情况很严重。至少对我来说是这样，毕竟汤姆被吃掉了。

"理查德？"

"怎么了，弗兰克？"

他很讨厌我直呼他的名字，但有时，就像现在一样，我忍不住要用。

"我们不得不提醒麦克莱兰警长，你还未成年，并用律师威胁他，才让他放你走。他想让你留下过夜并接受审问。他认为在河边发生了什么事，而那就是你撒谎的原因。"

我正要否认这一点，说我没有撒谎，然后就意识到他们已经发现我撒谎了。

"那么，河边到底发生了什么事？"弗兰克问道。

"什么都没发生，"我说，"我们就看了看水。"

"从桥上看？"

"是的。"

"我听说年轻人喜欢在栏杆上保持平衡。"

"真的吗？"我说，"好吧，这附近好像也没什么其他事情可做的了。"

我继续盯着漆黑的夜色。当秋天到来时，我突然意识到，这里竟会变得这么黑。城市里总是很亮，但在这里你可以凝视着漆黑的夜色，却什么都看不到。我的意思是，周围显然是有东西的，但你会忍不住认为它被这奇怪的黑暗物质隐藏起来了。

"理查德，"珍妮极其温柔地说，"汤姆掉进水里了吗？"

"没有，珍妮，"我模仿她温和的语气回答道，"汤姆没有掉进水里。我们现在可以回家了吗？我明天还要上学。"

弗兰克的肩膀抬起，然后又放松下来，我看得出来他要说些什么。

"麦克莱兰警长认为这可能是一起意外，你推了汤姆，他掉进了水里，你觉得这是你的错，这就是你撒谎的原因。"

我深深地叹了一口气，把头重重地靠到后座上，闭上了眼睛。但我脑海里全是电话在吞噬汤姆脸颊的画面，所以我又睁开了眼睛。

"我没有撒谎，"我说，"我没有如实提到那条河，是因为汤姆不该去那里。"

"麦克莱兰说，有证据表明你在其他事情上也撒谎了。"

"嗯？是什么事？"

弗兰克告诉我了。

"他才在撒谎！"我说，"掉头回去，我能证明！"

弗兰克把车停到路边时,前灯照亮了电话亭和森林边缘的树木,那画面看上去就像有巨大的阴影幽灵从树木旁边跑过。车刚停下来,我就跳下车跑向电话亭。

"小心点!"珍妮喊道。并不是说我认为她相信我,而是她的人生格言似乎是:小心驶得万年船。

我打开门,盯着挂在金属盒子旁边的电话听筒。一定是有人——大概是警长的下属——把它放回去了,因为我上次离开的时候,它是垂向地面的。汤姆不见了,连一根鞋带都没有留下。

我小心翼翼地走了进去,抓起那本黄色的电话簿,又退了出来。在汽车前灯的灯光下,我查找巴兰坦,找到字母J开头的条目,并用手指在那天下午打开的同一页上往下看。

约翰森。约翰逊。琼斯。尤维克。

我感到胸口一股冰冷的寒意,然后又找了一遍。同样的结果。我是找错了页面吗?

不可能,我认出了其他名字以及那条割草机的广告。

弗兰克说的没错。

我贴得更近了,看是否有人擦掉了那个名字,但约翰逊和琼斯之间的间隔不够大。

电话簿上的伊姆·乔纳森[①]不见了。

[①] 按字母表顺序,乔纳森(Jonasson)应该在约翰逊(Johnsen)和琼斯(Jones)之间。——编者注

3

"有人换掉了电话簿,"我说,"这是我唯一能想到的解释。"

卡伦靠着橡树坐着看向我。

现在是课间休息时间。在我们的前方,男孩们在踢足球,女孩们在跳房子。明年我们就要上高中了,但这仅仅意味着我们将搬到校园另一边的楼上,那里有一个吸烟区,我很有信心自己最终会去那里,落入叛逆者与失败者之列。卡伦是个例外。她是个叛逆者,但绝对不是失败者。

"没人相信你,是什么感觉?"她边问,边拂了拂她额前男孩子气的刘海。卡伦生着一头金发,脸上有许多雀斑。她是班上最疯狂的女孩,也是最聪明的女孩,总是充满活力、笑声不断,而又顽皮淘气。她走路时会忍不住跳舞,她穿着奇怪的自制衣服,引得其他人都取笑她。她会以牙还牙,回呛那些粗鲁的老师,当他们没办法还嘴的时候,她就会哈哈大笑。卡伦总会完成作业,而且会多做一点,所以你有时会觉得她懂的比老师还多。她英语和体育都是第一名,其他科目也名列前茅。她还很坚强。我在上学的第一天就注意到了这一点:她并不害怕我,只是好奇。她与每个人交谈,甚至包括我们这些食人鱼种姓的人。课间休息时,当她迈着细长的双腿向我们走来,而不是和小奥斯卡以及其他受欢迎的学生一起玩时,我看到小奥斯卡·罗西——我很确定他已经迷上了卡伦——一个劲地向她投来好奇的目光。在我第一天上学的第一个课间休息时,她就双手叉腰,站在我面前,面带苦笑,歪着头说:"转学第一天很糟糕,对吧?"

她对我们这些底层人就是这样。提问。聆听。我认为她真的很感兴趣,因为我看不出花精力得到像我们这样的学生的青睐有什么意义。而她得到的回报只是我们渐渐习惯了她的关注,并想要得到更多。但她对此毫不介意,而且说话一贯直率,没有人会生气:"汤姆,我们今天聊得够多了,再见!"

当然了,我会努力确保她不会怀疑我也想引起她的注意。

问题是我怀疑她已经知道了。

她从未挑明,只是似笑非笑地看着我。每次说了几句话后,在她走开之前,我一定会先走开。这并不容易,因为我与她不同,我没有其他地方可去。但也许这还是有效果的,也许她对这个试图抗拒她的魅力的城市男孩感到好奇,因为她越来越频繁地来找我。

"你知道吗?"我说,"我不在乎他们怎么想,让他们见鬼去吧。我就在那里,亲眼看到了事情的经过。汤姆被吃掉了,那个该死的电话簿上确实有伊姆·乔纳森的名字。"

"才三句话就带了这么多脏字,"卡伦笑着说,"你觉得你为什么这么愤怒?"

"我没有愤怒。"

"没有吗?"

"我愤怒是因为……"

她等着我往下说。

"因为他们都是白痴。"我说。

"嗯。"她说,然后看着校园里的其他人。我们班的男生显然想跟低一级的学生踢球,在呼喊小奥斯卡·罗西,尽管他的水平在班里只能排第三或第四名,但他仍然是球队的队长。但奥斯卡挥手拒绝了。他正和班上的数学天才亨里克坐在长椅上，亨里克指着奥斯卡的代数书，在解释什么。但他们的肢体语言表明这是奥斯卡在帮亨里克的忙，而不是反过来。奥斯卡显然在努力集中注意力。他把浓密的黑色刘海向后推，用他那少女般美丽的棕色眼睛低头看书，连校园另一边的一些高中女孩都试图吸引他的目光。但每隔一段时间，小奥斯卡就会从代数书上抬起头，看向卡伦和我。

"你从来没有谈起过你的父母。"卡伦边说边用细长的手抚摸着树干上的根须，这些根像粗静脉一样，从树干上长出来，随后便垂向地面。

"没什么好说的，"我说，目光并没有从小奥斯卡和亨里克坐的长椅上移开，"他们死于一场火灾，我几乎不记得他们了。"

奥斯卡又抬起了头，与我四目相交。我冷酷的蓝眼睛。小奥斯卡始终待人友好、热情，是个有魅力的家伙，但在某种程度上，这恰恰惹恼了我。所以，当我此刻看到他眼中流露出敌意时，我起初以为这是他看到我眼中同样的敌意后的下意识反应。我的敌意来源于我突然想到，尽管他比卡伦小了好几岁，但他是班上第三或第四聪明的，那么他会不会发现是我偷走了卢克·天行者。然后我意识到这不是什么下意识反应。他在嫉妒，简单而纯粹的嫉妒，这个想法让我很高兴。他嫉妒，因为卡伦正坐在这里听我说话，而不是和他这个阿尔法男在一起。我突然有一种搂住卡伦的冲动，我只想看到奥斯卡的脸色变绿。但很明显，她一定会推开我的手臂，我可不想给他那种满足感。我听到卡伦平静而愉快的声音："你是说关于你的父母，你什么都不记得了吗？"

"对不起，我记性很差，这就是我考得如此糟糕的原因。很明显，我还很愚蠢。"

"你并不愚蠢，理查德。"

"我在开玩笑。"

"我知道。但是有时候，如果你撒谎的次数太多，谎言会变成真的。"

上课铃响了，我感到心在下沉。不是因为我们要被迫进去听鸟鸣小姐的地理课——任何能让我忘记巴兰坦的事情都很好——而是因为我希望这个场景，此时此刻发生的事情，能更长久。卡伦站起身，两本书从她的包里滑了出来。

"嘿！"我说着弯腰把书捡了起来。我看着书的封面。其中一本的作者叫威廉·戈尔丁，书名叫《蝇王》，封面上是一个被砍下的猪头插在一根矛上。另一本是弗朗茨·卡夫卡的《变形记》，封面上是一只奇怪的昆虫，也许是蟑螂。

"真不错。你从哪里弄到的？"

"从图书馆的齐默尔太太那里。"卡伦说。

"哇，我不知道那里还有这种可怕的东西。"

"噢，齐默尔太太还有比这更可怕的东西。你听说过黑白字魔法吗？"

"听过。这个……嗯，没有。那是什么？"

"是可以摧毁人们以及再次修复他们的神奇文字。"

"图书馆里的那位女士有这方面的书吗？"

"有传言说她有，"卡伦说，"你平时读书吗？"

"不，我更喜欢看电影。"我把书递给她，"你呢？你喜欢看电影吗？"

"我爱看电影，"她叹了一口气说，"但我没怎么看过。"

"为什么不呢？"

"首先，这里距离休姆有一个半小时的路程，另外，我认识的每个人都只想看动作片和喜剧片。"

"如果这里有电影院，你会看什么？"

她想了想。"只要不是动作片和喜剧片，什么都可以。我喜欢电视上播放的那些老电影。我知道我现在听起来像个老妇人，但妈妈说得对，如果一部电影没有被人遗忘，它很可能是一部好电影。"

"同意。就像《活死人之夜》。"

她摇了摇头："那是什么类型的电影？"

"一部很老的僵尸电影。爸爸说，那是有史以来的第一部僵尸电影。我十岁的时候，和他一起去钓鱼，他一幕一幕地给我讲了整部电影。那年冬天，那部电影在电视上播出了，所以我又特意和爸爸一起看了一遍。尽管我已经知道了每一个场景会发生什么，但是在看电影之后的几周里，我一直做噩梦。那可能是我一生中最棒的九十六分钟。"

卡伦笑了起来："那你从中学到什么了吗？"

我想了想。"是的。我学到了如果你真的想杀死一个人，就必须杀两次。你必须摧毁他们的大脑，比如用火烧。因为如果你不这样做，他们还会复活。"

"这是电影的结局吗？"

"这是爸爸的结局。"

她继续微笑："我懂了。那部电影很可怕吗？"

"是，也不是。更可怕的是气氛。不过，我认为它没有年龄限制。"

"有意思。我要找个时间看看。"

"他们会在电影俱乐部之类的地方放映。我可以——"

我停了下来。我假装咳嗽，希望她没有意识到我差点邀请她去看电影。去休姆。我既没有车也没有驾照。即使有，她肯定还是会拒绝——会很礼貌，并且还有一个恰当的借口，但这并不会减少伤害。

卡伦看起来好像注意到了我的死里逃生，现在正举着那两本书来转移注意力。"但这些也是好'电影'。"

我点点头，心怀感激地抓住了救生筏。"它们也很恐怖吗？"

"是，也不是，"她模仿我的语气说道，"它们就像我喜欢的电影。有些年头了，但没有被遗忘。"

"都是好书吗？"

"对。如果想成为一名作家，你需要读最好的书。"

"你想成为作家吗？"

"我正在努力。如果我不够优秀，那我就嫁给一个作家。"她狂笑起来，然后手舞足蹈地走开了，身体似乎有点失控，好像随时都可能跌倒。但这当然是一种幻觉，因为卡伦总是能掌控一切，就像一只猫。你可以把她从屋顶上扔下来，并且安心地认为她——跟我这样的人截然相反——总能安然无恙地四肢着地。

4

放学后，我正往家走，刚走上那条穿过森林的捷径，就听到身后的砂砾发出吱吱嘎嘎的声音。我转过身来，看到三个男孩骑着自行车。当天早些时候我见过他们中的两个。他们是高中生，在一次课间休息时，他们来过我们这一边，似乎是为了打探我。现在他们和一个我从未见过的男孩在一起，他年龄更大，看起来像某个人的哥哥，他本可以骑轻便摩托车，却骑着一辆阿帕奇的儿童自行车。他们把车停在我前面不远处，挡住了狭窄的碎石路。以前没见过的那个人从自行车上下来，朝我走来，剩下两人中有一个扶着他的自行车。他穿着一件格子纹的伐木工夹克，这里的成年人都喜欢这么穿。我很清楚他们为什么找我。

"汤姆去哪儿了？"他直截了当地问道。

"没了。"我说。

"快说，你对他做了什么？"

他停了下来，双腿略微分开，膝盖微微弯曲，然后身体略微前倾，似乎是表示他准备好进攻了。

"我吃了他，"我说，"蘸着盐和胡椒。主要是胡椒。"

那家伙看起来愣了一下。两个小男孩瞪大了眼睛看着我。他一定感觉到他们在他身后盯着我看了，因为他又往前迈了一大步。不过他很谨慎，当我把手插进口袋里时，他的眼睛始终盯着我的手。

"三个对一个，"我说，"怎么？害怕了？"

"快吐口，你这个该死的城市佬。"他说。现在他的声音听起来更紧张了。

我朝他面前的地上吐了一口唾沫。"吐了，"我说，"快把它舔干净。"

我不知道他是否意识到了我口袋里什么都没有，或者我周身唯一足够强大的便是我的嘴。他迅速向我靠近了一步，然后就动手了。第一下，然后——当他看到我没有回应时——又一下，然后是第三下。然后他抱住我的腰，把我摔倒在地，随后坐在我的胸口上。

"你哭了。"他说。

"我没哭。"我说，感觉到温暖的泪水从眼角流出，从太阳穴流下。

"汤姆在哪里？"

"去问那个电话。"

"如果对警察撒谎，你会进监狱的。"他说。这时我意识到整个巴兰坦都知道我的事了。不是我看到的场景，而是我的故事。毫无疑问，关于实际发生了什么有不同的说法，但有一件事是肯定的：在所有的版本中，我都是有罪的。

另外两个人现在敢靠近了。

"快点，"我轻声说道，"趁现在没有人看到。"

"什么？"坐在我身上的那个家伙说。

"把我带进森林，折磨我，直到我说出真相，"我低声说道，"然后你可以勒死我或者用石头砸我的头。但是要记得确保我没有呼吸了，因为如果我活下来，我就会说出今天发生的事情。你知道，我是个多嘴多舌的人。"

穿着伐木工夹克的家伙看着我，好像我是黏在他鞋子上的狗粪。

然后，他转向另外两个人："你们可没有告诉我他疯了。"

"是的，我们……"其中一个人犹豫地回答。

"疯了，但又没有他妈的完全疯。"伐木工夹克生气地说，同时站起身来。

几秒钟后，他们骑着自行车跑掉了。

我走到河边，小河在桥下形成了一个弯道，那里有一个小进水口。我冲洗掉身上的血迹和顽固的砂砾，并努力透过水中的倒影检查鼻子的状态。太模糊了，我无法了解损伤的确切情况，但一只眼传来阵阵跳痛，说明我脸上至少有一个大肿包。

回到家，我偷偷地经过客厅，弗兰克正在客厅里看报纸。他之前一直在消防站上夜班，现在正在休假。我站在浴室里，确认左眼上方的确有一个大肿包。这时，我听到了他的声音。

"今天在学校怎么样？"

"挺好。"我透过开着的门大声回应道。

"挺好？"

"没错，"我说，"我没有被检查作业。"

我知道他并不想听糟糕的笑话，但他对自己真正想听的内容几乎无能为力。我也不想让他做任何事，因为谁想看起来像那种会挨揍的人？真正的食人鱼会揍扁其他人。

前门开了。是珍妮，她突然站在浴室外面，双手抱着购物袋。

"嘿，"她说，"你好吗？"

"很好。"我咕哝着说道，脸紧贴着镜子，不让她看见，试图让自己看上去像是在挤一个痘。

"晚餐吃千层面。"她用期待的声音说道，因为有一次——可能是为了取悦她——我说过她做的千层面是最好的。

"很期待。"我用平淡的声音说道。

听到她在厨房里发出声音后,我以同样的方式溜回大厅,重新穿上鞋子。

"你要去哪里?"弗兰克问,对报纸后面发生的事,他显然比看起来更留意。

"去电影院。"我说着走出去,并关上了前门。

5

图书馆位于大街的尽头。巴兰坦的中心街道有两百米长,坐落于此的建筑大多是两层的,图书馆却是一座狭窄的四层木制建筑,两侧狭窄的小巷将其与砖砌建筑隔开,仿佛巴兰坦的公共图书馆不想与低等的邻居扯上任何关系。

我从未进过这座图书馆。珍妮和弗兰克让他们给我发了一张借书证,但我当然从未使用过。

门在我身后关上,我站在半明半暗中,起初还怀疑图书馆闭馆了。图书馆里很安静或许并不罕见,但现在里面既没有声音,也没有人,只有书脊填满了一直延伸到天花板的书架。有些书有保护套,有些没有,有些是崭新的,有些则太旧了,看起来就像要散架了。一块纪念牌上写着这座建筑和一些书籍是罗伯特·韦林斯塔德于一九二〇年捐赠给巴兰坦镇的。那是半个多世纪前的事了,所以一些书显得破旧不堪也就不足为奇了。

我听到从图书馆深处传来了喷嚏声。接着又一声。所以这里至少是有人的。我看到书是按字母顺序排列的,就开始寻找字母K。我必须借助一架小梯子才能够到最上层的书架。这花了一点时间,但最终我找到了我想要的东西,这一点我很确定。我又往里走了走,经过数排书架,去往印象中柜台所在的地方。

找到了。

柜台后面的白发女士说:"年轻人,你流鼻血了。"她的胸前别着一枚徽章，上面写着"齐默尔太太，图书管理员"，尽管在这里似乎也不太可能有人会把她和别人弄混。齐默尔太太从她面前的卷纸上撕下一张，在我用袖子擦鼻子之前递给了我。

然后她又重重地打了个喷嚏，也给自己撕了一张纸巾。

"书尘。"她一边擦着鼻子说，一边低头看了看我放在柜台上的两本书，"年轻人，这些书你是给谁借的？"

"给谁？"

"对不起，我只是好奇，巴兰坦没有多少人读真正的文学作品。"

"是给我自己借的。"

"你……"她说道，视线越过那副窄小的老花镜上沿看着我，眼镜用一根绳子挂在她的脖子上，"你要读卡夫卡的《变形记》和戈尔丁的《蝇王》？"

"我听说它们都是好书。"我说。

齐默尔太太露出微笑："它们当然是好书，年轻人。但我要说，它们并不好读，即使对成年人来说也一样。"

"我想不必每件事都容易。"我说。

她的笑容更灿烂了，看起来好像要笑出声："你会成功的，因为你说得很对。"

我想我喜欢她。也许只是因为她对我说了些好话。

她打开面前的一个抽屉，我看到长方形的木箱里放着一排排卡片。"年轻人，你叫什么名字？"

"理查德·艾劳维德。"

尽管她低着头翻阅卡片，我还是看到她的脸僵住了。很明显，在巴兰坦出名并不费事。一部吃人的电话就够了。

她给每本书找了两张卡片,在上面盖了戳,把一张放到一个木盒里,另一张放进夹在书里的纸套。"好吧,好吧,"她叹了口气,"有孩子失踪,总是件令人遗憾的事。"

　　我疑惑地看着她。她指着《蝇王》。我意识到她是在谈论书中的情节。无论如何,我认为是这样。

　　我离开的时候,书架之间跟我到的时候一样安静。但经过写着"韦林斯塔德"的纪念牌时,我注意到靠在墙上的一架梯子。我来的时候为什么没看到?它不像普通的梯子,而是由金属制成的,两侧都有扶手,像消防梯。没错,就是消防梯,弗兰克带我参观消防站时,我看到过一架这样的梯子。我抬头看向梯子和书架上方,视线落在天花板上垂下来的灯上。吊灯之外一片漆黑,梯子和书架的顶部几乎都消失不见了。

　　只隐约可见一排闪闪发光的黄色书脊。

　　我犹豫了一下。是我搞错了,还是我最近看到过一本有类似书脊的书?

　　我摸了摸梯子,确保它是安全的。

　　足够安全。我听到远处有人打喷嚏。去看一下能有什么坏处呢?

　　我把一只脚放在最下面的横档上,深吸一口气,开始攀爬。

　　我怕高、怕黑、怕水、怕火,也害怕电话。最重要的是,我害怕恐惧——不是蜷缩在爸爸身边看僵尸电影时的那种恐惧,而是害怕事情变糟糕,比如钥匙断在锁眼里,或者卧室和前门之间的通道起火。我害怕自己被困在恐惧中,再也找不到出路。

　　但我一直往上爬,一步又一步,始终没有往下看。当我爬过吊灯,来到黄色书脊所在的位置时,我发现自己的预感是正确的。

　　电话簿。

每年一本，从左到右，共十二本。我抽出最旧的那本，然后迅速爬了下来，现在我甚至不再去想它有多高了。我盘腿坐在深色的镶木地板上，开始找字母J。我的手指顺着书页往下滑。

约翰森。约翰逊。乔纳森……

我的心跳停止了。当我把手指向右移动的时候，心脏又恢复了跳动，只是跳得又强又快。

伊姆。镜林路1号，巴兰坦，290-3386。

6

我走到警察局里桌子后面的女士身边,被告知麦克莱兰警长正在会议室开会,我可以坐下来等。我坐在椅子上,能听到也能看到磨砂玻璃墙后面的动静,我前一天就在里面和警长交谈过。我望向窗外,朝警察局和消防站之间的停车场看去,看到一辆我到达时注意到的怪物汽车,弗兰克的汽车杂志上总是有这种华而不实的老式汽车的照片。我一定在杂志上看到过,因为这辆车有一种奇怪的熟悉感。桌子后面的女士走进会议室,然后和麦克莱兰警长一起快步走了出来。

"你来了!"麦克莱兰笑着说,仿佛我的来访既受欢迎,又不完全出乎意料。"你快我一步,理查德,我正想请你过来聊聊。跟我来。"

我设法往会议室里看了一眼,看到一个穿着黑色西装、头发比西装更黑的男人,正站在那里向窗外望。然后我跟着麦克莱兰进了他的办公室。

他把墙边的一把椅子移到桌子旁——桌子上堆着高高的文件——然后让我坐下。

"要热可可吗,理查德?"

我摇了摇头。

"确定不要?玛格蕾丝做得真的……"

"确定。"我说。

"好的。"麦克莱兰专注地看着我,"那我们开门见山吧,把事情谈完。"他在桌子后面坐下。我坐得比他低得多,我们无法越过成堆的文件进行眼神交流。

"理查德，你在想什么？"他的声音像黄油一样轻柔。

我拿出夹克里的电话簿，放在他面前。

麦克莱兰仍然看着我，而不是电话簿。他似乎很失望。

"在书页折角的地方，"我指着说，"乔纳森。"

他打开了电话簿。

"伊姆·乔纳森。"他读出来。

"看到了吗？"

麦克莱兰看着我。"那又怎样？伊姆·乔纳森早就成为镇子的历史了，就像这本电话簿一样古老，他与汤姆的失踪无关。"那种黄油般的温柔消失了，他的声音现在变成了冰冷坚硬的金属。

"不，有关系。我告诉过你……"

"我记得你说的话，理查德。但电话听筒不会吃人，好吗？"他指着窗外，"我们派出了搜索队彻夜搜寻，我和汤姆的父母以及巴兰坦的每个人现在都需要你告诉我们你所知道的关于汤姆的一切。"

"我告诉过你了，你不听。"

麦克莱兰深吸一口气，望向窗外。"我原以为你来这里是要告诉我们真相，但鉴于你没有这么做，我只能假设——无论如何——你有罪。因为你才十四岁，受到法律的保护，显然你也意识到了这一点，我们甚至不能再讯问你了，即使我们想这么做。但是……"麦克莱尔从成堆的文件上方探过身子来，他的圆脸涨得通红，金色的小胡子更加显眼了，这让我想起了圣诞老人。他的声音变成了沙哑的低语："我是巴兰坦的警长，也是汤姆家人的朋友，我会亲自确保，如果我们找不到汤姆，你，理查德·艾劳维德，会被关在一个非常黑暗、偏远的地方，没有人会找到你。如果你认为巴兰坦会有人关心那个把汤姆从我们身边带走的流鼻涕的城里孩子发生了什么事,那你就错了。其中也包括弗兰克和珍妮。"

麦克莱兰又靠回到椅子上。

我凝视着他。

然后我站起身,拿起电话簿走了出去。

回家的路上,我在奥斯卡玩具店的橱窗前停了下来。里面有很多玩具,但引起我注意的是弗兰肯斯坦人偶。很明显这是个怪物。爸爸跟我说过,弗兰肯斯坦是那位用电赋予怪物生命的医生。我看的时候,注意到窗户的影像中的一样东西:街对面有一辆红色汽车。如果不是停在警察局附近的那辆车,我可能也不会注意到。我继续往家走,过马路时,我小心翼翼地瞥了一眼身后,远远地,我又看到了那辆车。

我朝房子走去,弗兰克正把车从车库里倒出来。他停下车,摇下窗户,从穿着来看,他又要去上夜班了。他脸上带着严厉的表情。

"你去哪里了?珍妮很担心。"

"而你不担心吗?"

他皱着眉头,满不在乎地看着我:"进去吧,她会给你热饭。"

我步入门廊时,珍妮走了出来,看起来她想给我一个拥抱,所以我故意花了很长时间脱鞋,好躲过去。我如实地说是去图书馆了,说有一些事情需要处理。

意大利千层面很香,我也不用再回答任何问题。显然,除了我问自己的问题。伊姆·乔纳森是谁?开那辆红色汽车的人是谁?还有:我可以真正信任谁?

那天夜里,我睡得很糟糕,还做了噩梦,梦见自己被关在一个黑暗、荒凉的地方。还梦见了弗兰肯斯坦和僵尸。

7

"所以，即使你给警长看了电话簿，里面有伊姆·乔纳森的名字，他也不相信你？"卡伦问道。现在是午休时间，卡伦和我站在主教学楼平坦的屋顶上，她来回摆动着一根柔韧的长鱼竿，让鱼线末端的假蝇在空中跳舞。她正在练习钓鱼，目标是击败她的父亲，她父亲连续四年赢得了当地的假蝇钓鱼比赛。

"他不是不相信我们给一个叫伊姆·乔纳森的人打过电话，"我看着那只假蝇说，它此刻似乎正在离我们十米远的烟囱洞上方的空中盘旋，"而是不相信电话听筒吃掉了汤姆。"

卡伦和我过去每周至少去一次屋顶，但她从未告诉我她是如何拿到通往屋顶的楼梯间的钥匙的，只说只要看门人或老师没有意识到她手上有钥匙，她就会一直拿着。我不知道她为什么选择带我去那里，我想也许是因为她认为我是唯一一个不会告诉任何人，也不怕惹上麻烦的人。

我小心翼翼地把视线移过锡制的屋顶边缘，往下看六层楼以下的校园。很奇怪，和卡伦在一起，我并不恐高。恰恰相反，我还有点兴奋。从这里往下看，那些讨人厌的小孩变得更小了。我看到小胖在追逐一个学生，那个人抓着他的羊毛帽，正把它扔到橡树上。帽子最终挂在了他们上方的树枝上。小胖独自一人站在那里，眼睛盯着帽子，双臂无助地垂在身体两侧，但因为正对着太阳，他看不到屋顶上的我。

卡伦把假蝇甩到了烟囱的洞里，并做了个鬼脸："电话听筒真的把他嚼进去了吗？"

"嗯，可能用吸比嚼更贴切。就像昆虫一样，它们把液体注入猎物体内，然后把它溶解成一种像冰沙一样的东西。"

"恶心！"卡伦边收线边打战。

"最糟糕的是，我一直在想像哪种冰沙。这不是很恶心吗？就像想知道你朋友尝起来是什么味道一样。"

"没错，"卡伦一边说，一边吹去假蝇身上的烟灰，然后把它重新固定到鱼竿的尖端，"非常恶心。"

我躺下来，望着天空，双手放在脑后。小片的白云快速掠过我的视野。

"你觉得它们像什么？"卡伦一边问，一边放下鱼竿，翻阅起她一直随身携带的笔记本。她抽出用作书签的粉红色发夹，开始涂画。我猜她是在画画，除非她正在练习成为一名作家。不管怎样，她从来都不给我看笔记本页面上的内容。

"你是说云？"我问道。

"对。"

"它们看起来像云。"

"你没有产生联想吗？"

我知道这个词的意思，就是想到其他类似事物的形象。但与卡伦不同的是，我说不出这样的话，而她说起来就好像这是世界上最自然的事情。这一定跟读书有关系。前一天晚上，我在她那本卡夫卡的书中看到了几个我不懂的单词，但除此之外，它太无聊了，我又开始读封面上有个猪头的那本书。这本讲的是飞机失事后设法到达荒岛的孩子们的故事，更合我的口味。

"你看到了什么?"我问道。

"我看到了楚巴卡。"

"你觉得这些云看起来像《星球大战》中那个毛茸茸的高个男人吗?"

"他不是人类,他是伍基人。所以你看这些云不像楚巴卡,也不像其他的东西?"

"我应该看出来吗?"

"也许说不上应该,"卡伦说,"但我爸说,作家就是这么做的。他们用云朵编写故事。"

"所以,如果我看到的只是云,我就不能成为一名作家了?"

"我不知道。尽力看到某种东西吧。"

我把眼睛稍稍眯起来,全神贯注。问题是,因为有风,天空中的云朵又小又模糊,我还没看出像什么,它们就快速飘走了。这时,上课铃响了。

"我们下次休息时看吧,"卡伦合上笔记本说。我们站起来,然后偷偷地穿过门,走下楼梯,确保没有人看到我们。

当我们走进拥挤的走廊时,我说:"我本来想请你帮个忙的。"

"嗯?"

"我本来想问你能不能帮我找到这个叫伊姆的人。"

我没有看她,但能从她的迟疑和屏住呼吸中听出她要说"不"。

"但后来我意识到这可能不是一件适合女孩做的事。"我很快补充道。

"什么意思,不适合女孩?"

"对不起,我的意思不是……"

"哇,我都不知道你的词汇表里还有这个词。"

"哪个？"

"'对不起'。不管怎样，我很乐意帮助你，理查德，你知道的。但我认为现在帮助你的最好方式是让你自己找出来。"

我们走进校园，除了小胖，校园里空无一人，他正双手抱头，独自坐在长椅上。

"再见。"卡伦说着离开了。她走到小胖身边，把手放在他的肩膀上。他抬头看，但几乎看不见任何东西，因为他的眼镜镜片是模糊的——他一定又哭了。但听到她的声音时，他又高兴起来。我们是简单的生物，如果有人友善地对我们说话，我们就会很开心。

而且——我想——她说什么我们都会照做。

我走进教室，坐下来，透过窗户望向外面的校园，卡伦和小胖正站在橡树前。卡伦把鱼竿举过头顶，假蝇正朝挂在高处的树枝上的帽子靠近，看起来就要碰到了。然后，她轻轻一抖——把帽子扯下来了，它像初秋的树叶一样在阳光下掉到了地上，小胖高兴地拍着他那肉乎乎的小手。

8

"好的,"小胖说,"我一定来。"

我既惊讶又不惊讶。一方面,小胖是个喜欢女孩物品的书呆子,每次狂欢节或学校戏剧表演时,只要有机会,他就会打扮成女孩,而且他大多数时间里也和女生一起玩。我原以为他一听说这需要一点男子气概就会吓坏。但另一方面,小胖属于食人鱼种姓,并没有被男孩一起玩的提议吓住。我看到过他徒劳地在奥斯卡·罗西身边徘徊,却根本没有引起对方的注意。并不是其他人就不会觉得和老大待在一起很酷,但他的意愿似乎更强烈一些。他看奥斯卡的眼神中透着一种绝望,近乎愚蠢,就像一条温顺的狗在无声的绝望中盯着你,希望你能赏它一两口吃的。说到喂食,我邀请小胖到家里吃晚饭,这使我的提议变得更加难以拒绝。我不知道,我猜我原以为这对一个胖子来说更有吸引力。当我意识到,仅仅被问到是否愿意和另一个男孩一起玩,哪怕是我这样的男孩,对他来说已经绰绰有余时,就后悔邀请他到家里吃饭了。

所以,在最后一节课结束后,小胖和我沿着通往镜林的路出发了。天气温热,预示着炎热的夏季即将到来。卡伦警告过我,这里冬天有多冷,夏天就有多热。但现在,浓重的白雾突然升起,周围一片模糊的景象。

"他们为什么没有管你?"当我们穿过巴兰坦镇中心时,小胖问道。

"什么意思？"

"警长他们。为什么你一直没有被审问？我的意思是，每个人都认为你当时和汤姆在一起，知道发生了什么。"

"也许我确实知道。"

"是吗？那你告诉警长了吗？"

"是的，但我已经发誓要保密。"我说。

小胖看了我很长时间。他似乎不相信我的话，至少不完全相信，但他什么也没说。

很明显，我也问过自己同样的问题：为什么谢里夫·麦克莱兰警长放我走了？我想我已经弄清楚原因了。

我不需要转身就知道那辆红色的车还在那里——我们放学时，它就停在路的另一边。现在我知道它是什么车了。那是一辆庞蒂亚克勒芒，我在弗兰克的一本汽车杂志上找到了它。当我看到杂志上的那张照片时，我也意识到以前在哪里见过它了——《活死人之夜》。

"我们要进去。"我说。

"图书馆？"小胖说，"我们要借书吗？"

"不，我们要走一条捷径。"

我推开门，我们进去了。门关上后，我靠在门上，从旁边的窗户向外瞥了一眼。

那辆庞蒂亚克停在不远处的人行道边上。

"跟我来。"我说着沿书架之间的过道走去。图书馆似乎和上次一样冷清，只有成排的书，好像在等着被人注意到，就像福利院里的孤儿梦想着被人收养一样。

齐默尔太太坐在柜台后面，我想是在整理图书卡。

"这么快就回来了？"她说，然后打了个喷嚏，"是的，人总是很容易就能喜欢上看书。"

"是的,齐默尔太太,"我说,"但我在想的是别的事情。"

"什么事情?"

"我们能从后门出去吗?"

"为什么?"

我朝主路点了点头:"学校里有一帮人骑着阿帕奇自行车跟在我们后面。你知道,他们喜欢打像我们这样的书虫。"

齐默尔太太扬起一条眉毛,看着我。然后,她看着小胖,聚精会神地打量着他。然后目光又回到我身上。

"你知道吗?"她说着又打了个喷嚏,同时伸手去拿纸巾,"我对此再清楚不过了。跟我来。"

齐默尔太太把我们带到柜台后面,我们跟着她穿过一个小厨房,又穿过一个存放各种办公用品的储藏室,最后来到一扇通向图书馆后面的金属楼梯的门前。

"阿嚏!"她又大声打了个喷嚏,"祝你们好运。学学拳击,读读诗歌。"

我和小胖走过几条小路后,便走上了离镜林不远的主路。走上通往森林的小路时,我回头看了一眼,确认小胖还跟在后面,而没有试图逃跑。他仍然在我身后缓慢地走着,并对我还以微笑。奇怪的是,他似乎并不在意和大家都认为与汤姆的失踪有牵连的人走进同一片森林。他也没有说过害怕遇到伊姆·乔纳森之类的话。不过话说回来,小胖并没有亲眼看到汤姆被吃掉。

我们越深入森林,雾看起来就越浓,傍晚的天色也更黑了。

小胖迈着小步,双臂笔直地放在圆滚滚的身体两侧,双手张开,似乎是要保持平衡,就像他在班级戏剧《彼得·潘》中扮演小叮当时一样。当这个胖乎乎的小男孩穿着裙子、戴着天使翅膀在舞台上蹦蹦跳跳时，观众中的成年人都在努力憋住不笑出来，但小胖自己似乎没有注意到，他完全沉浸其中，看起来很喜欢这个角色。

我们到达了一片林间空地，从那里我们可以看到河流和那座小桥，但我们继续沿着泥泞的斜坡前行。

"你确定是这里吗？"小胖问道。

"是的。"我自信地说。为什么不呢？我记住了电话簿后面的巴兰坦地图，应该不会走错。到达斜坡的顶部后，我们只需要沿着一条死路的方向继续前行，再走几百米就会经过镜林路1号。我在泥地上滑倒了几次，但小胖始终保持着身体的平衡。

在坡顶上，我找到了一条似乎朝着正确方向延伸的小路。

雾蒙蒙的森林里传来一阵低沉而空洞的声音，把我吓了一跳。我想我甚至可能抓住了小胖的手，但即使抓住了，我也立刻放开了。

"不过是只猫头鹰。"小胖说。

我们继续往前走，只是现在变成小胖走在前面了。

"你看过《天鹅湖》吗？"他问道。

"这附近有叫这个的湖吗？"我问道，然后径直撞到了他弯腰躲过的树枝上。

"不，"小胖笑着说，"但天鹅湖的确就在这样的森林里。一个满是泪水的湖。我说的是个芭蕾舞剧。"

"舞蹈？抱歉，我需要故事情节。你知道，就像电影和……"

"哦，它的确有故事情节。"

"是吗？"

"一个年轻的猎人发现了一个湖，他在湖面上看到一只天鹅，就在他要射杀它的时候，天鹅变成了一个美人——奥杰塔。"

"一个女孩?"

我看到小胖耸了耸肩。"白天,奥杰塔只能是一只天鹅,在泪水汇成的湖面上游动。奥杰塔只能在晚上变成人类。"

"那太糟糕了。"我差点被一个树根绊倒。我更喜欢人行道和台阶。"故事的结局是圆满的吗?"

"是,也不是。有两个版本。在我知道的版本中,猎人爱上了奥杰塔,他们反抗每一个想要摧毁他们的人。最终,他们结为连理,而奥杰塔可以一直是人了。"

"那另一个版本呢?"

"我还没看过。不过我妈妈说结局很悲伤。"

我听到自己在尖叫。有什么东西落在我脸上了。不是树枝,而是一个有生命、会爬行的东西。我用手拍打自己,先是脸颊,然后是鼻子,然后是前额,但我显然没有抓到它,因为它一直在爬行。

"站住别动。"我听见小胖说。

我照做了,他用一只手轻轻擦过我的脸颊,而我紧闭双眼。当我再次睁开眼时,他正把手举在我面前。他的手背上有一只红眼睛、透明翅膀的昆虫。

"啊!"我颤抖着说,"这是什么?"

"我不知道,"小胖说,"但我在妈妈的昆虫学书中看到过。"

"昆什么?"

"昆虫学书。她收集昆虫。显然都是死的。"

"啊。"我重复道。

"不,不,其中很多真的很漂亮。就像这个,你不觉得吗?"

"不。"

小胖大笑起来。他显然觉得自己有了优势,因为他看出我并没有他想象的那么自信,但如果他笑得太过分,就会挨一巴掌。我考虑就此警告他。这只六条腿的迷你怪物在小胖的手上看起来非常开心,当他从各个角度仔细观察它时,我感觉到有东西落在了我的头发上。我疯狂地摇了摇头,又有两只红眼睛的迷你怪物掉了出来。

"这儿还有呢!"我呻吟着说,"我们快离开这里吧!"

我没有等他回应,撒腿就跑。我听到小胖跟在我身后,边跑边笑。

然后我们突然就到了那里,在森林中央的碎石路的尽头。我快步往前走,我有一种感觉:那天天会黑得很早。道路的转弯处逐渐变宽,树木不再那么茂密,雾中隐约出现了一个又高又黑的东西。

一道黑色的熟铁栅栏,至少三米高。

我走到大门边。大门中央用花体字写出了字母B.A.,下面有一块牌子,写着"镜林路1号",还有一个牌子,上面写着:"警告。栅栏有电。"

我透过大门往里看。仿佛雾被房子周围的围栏挡住了一样,建筑物清晰的轮廓上只覆盖着一层薄雾。房子中间的部分较高,两侧有较矮的翼楼。较高的部分看起来仿佛有角,这可能是我想到公牛或龙的原因。左侧的翼楼楼顶上长出了某种东西,就像一朵巨大的蘑菇。

"那……"小胖在我身后小声说,"真是一座奇怪的房子。快停下!"就在我要抓住门把手的时候,他抓住了我的手,"上面说它通电了!"

"笨蛋。这些标志只是为了吓唬人。"

我抬起脚,用运动鞋的鞋底踢了一脚大门。

门打开了,伴随着凄惨、拉长的咯吱声。"我说什么来着。"我得意扬扬地道。

"橡胶鞋底不导电。"小胖说。

我针锋相对地哼了一声,表达了我的观点,然后走了进去。"你来吗?"我喊道。

"不。"小胖说。

我转过身。他仍然站在大门外。

"你是胆小鬼吗?"

"是的。"他直截了当地说。

"你的意思是,你都不敢走到一座再普通不过的房子门口?"

"这不是一座普通的房子,理查德。"

"它有地址、墙壁和屋顶,跟普通的房子没什么两样。你知道,小胖,如果你不和我一起去那里,我会告诉学校里的每个人你是个多么懦弱的胆小鬼。"

"好吧,我想他们已经知道了。我叫杰克,不叫小胖。"

我看着他,突然意识到自己陷入了困境。如果我不自己走到房子跟前,他就会告诉整个学校的人,而跟他不同的是,我真的会坏了名声的。

"好吧,你可以站在这里瞎担心,胖杰克。小心围栏。"我转过身,沿着砾石小路走去。走近后,我注意到房子里传来忽高忽低的嗡嗡声。现在我还可以看到,它不像巴兰坦的其他房子那样是用木头建造的,而是用红色的砖墙建造的。墙上长满了苔藓,还有一些砖块松动了。屋顶的屋脊形成了两个魔鬼犄角。但最奇怪的是,远看像蘑菇的东西,其实是一棵大橡树的树冠。它显然是从左侧的翼楼里长出来的,直接顶穿了屋顶。这怎么可能?这种橡树不会在一夜之间从地面长出屋顶,通常需要数百年才能长这么大。

有东西撞在我的脸颊上。我把它擦掉,低头看到一只红眼睛的昆虫在砾石小路上爬行。有东西顺着我的太阳穴爬下来,试图钻进我的耳朵，但我摇了摇头，想把它弄掉。

这时，我恍然大悟。那嗡嗡的声音……我抬头看着房子上方让我原以为是薄雾的东西。那就是嗡嗡声的来源。或者更确切地说，是蜂鸣声，一群活生生的昆虫发出的蜂鸣声。

我瞪大了眼睛。

昆虫群如此之大，天空被遮蔽，看上去就像黄昏提前到来了。我停下来环顾四周。小胖还在看吗？我现在可以转身回去，说我敲了门，但没人在家吗？那里不可能有人，我看不到黑暗的窗户里面有任何灯光，谁会住在从里面长出一棵树的房子里呢？即使是那个叫伊姆的家伙也不会这么做，对吗？

裤管里面有东西顺着我的腿往上爬，我低头往下看。那是更多的昆虫，它们看起来像直接从地底下钻出来的，像从坟墓里爬出来的活死人，用瘦削的腿爬行，眼睛闪着红光。当我用一条腿站立，用手拂擦另一条腿时，房子三楼中间的大窗户亮了起来。灯光照在房子前面的地上。粗壮的树根从地基长出来，然后消失在土地里，仿佛房子本身就是一棵树。在灯光下，树根看起来像在移动，仿佛硕大的肌肉或蟒蛇。我被自己的脚绊了一下，撞到小腿，随后摔倒在地。我摔在满地的昆虫之间，突然间，它们爬满了我的全身，脸上、衣领下、嘴里全是。我尖叫起来。我站起来，一边往外吐，一边拍打着脖子和前额。窗户边有东西向上移动。我抬头一看，是一张灰白色的脸，面无表情，像一幅画一样一动不动。那是一张我从未见过的脸，却给我一种照镜子般的奇怪感觉。

我感觉到有什么东西在我的手掌下嘎吱作响，我终于成功地阻止了其中一只昆虫！就在此时，所有的嗡嗡声都停止了。

我抬头看去。

然后我突然想到。我刚刚碾碎的那只昆虫——它的内脏正顺着我的脖子往下流——是我真正杀死的第一只虫。

繁星般的红眼睛正俯视着我，那些昆虫看上去犹如一群长着翅膀的食人鱼。随后，嗡嗡声再次响起。这次声音更大了。昆虫正在聚集，变得越来越紧密，逐渐变成一团乌云。之后它开始变大。不，它没有变大，只是越来越近了，昆虫群正朝我飞来。

我转身朝大门跑去。在我身后不断增强的嗡嗡声中，传来刺耳的震动声。

我现在可以看到敞开的大门了，小胖站在那里，他盯着我身后时的表情，就像看见天塌了一样。

"跑！"我喊道，"快跑！"

但小胖没有动。我从他身边跑过，顺着路向小河和桥跑去。过了一会儿，我意识到嗡嗡声变小了，于是停下来转过身。小胖仍然站在门口。

他向两侧伸出双臂，面带微笑朝上看着天，就像农民终于盼来了雨。

昆虫像龙卷风一样在他周围盘旋。

我等着事情开始，等着它们像电话听筒吞噬汤姆一样吞噬他。

但这并没有发生。

昆虫群逐渐上升，升入空中，而小胖则伸出双手，仿佛在祈求它们回来。然后，他的手臂垂到身体两侧，脸上带着灿烂的笑容，沿着路向我走来。

"那是什么？"我问道。

"那个，"小胖说，"是蝉。"

9

"那些昆虫叫蝉，"小胖一边狼吞虎咽地吃着珍妮做的千层面，一边重复道，"它们完全无害，只是会突然大量出现。但你们真该看看理查德当时有多害怕！"

珍妮、弗兰克和小胖大笑起来，我感觉脸颊发烫。我瞪了小胖一眼，但他没有注意到，自顾自地继续喋喋不休。

"我一看到昆虫群，就意识到它们是蝉，然后我就想起下周是我的十三岁生日。"

"它们一定是我们所说的知了，"弗兰克一边说，一边往小胖的杯子里倒水，"我从来没有见过，只是听说过。但是你的生日和它有什么关系呢？"

"我妈妈告诉过我，我出生的时候，蝉正在蜂拥而至。它们每十三年就会繁盛一次。"小胖露出得意的笑容。他现在坐在餐桌边，成为大家关注的焦点，看起来对自己很满意。

"真的吗？"珍妮一边说，一边往小胖的盘子里添千层面，"在此期间它们会做什么呢？"

"它们住在地下。没有人知道它们是怎么知道是时候爬出地面了的，但不知何故，它们做到了，所有的蝉都在同一时间出现，数以百万计。它们很高兴，因为它们终于长出了翅膀！"他环视着餐桌，脸上洋溢着笑容，好像在检查大家是否都听懂了，"所以它们开起了派对。它们会在几周内持续交配和产卵。你知道吗，阿普尔比太太？

这是我吃过的最好吃的千层面。"

"谢谢你,杰克。"珍妮笑了起来,但我看得出来,他那圆滑的奉承话算是击中要害了,"你可真会说话!"

"我是认真的!"他说道,脸上带着傻乎乎的真诚。

"这样的话就更有礼貌了!"弗兰克笑着说,他同时看着我,好像在指出我有很多东西要学。

"所以你大概也知道蝉参加完派对后会发生什么吧?"珍妮说着把胳膊肘靠在桌子上,一手托着下巴,眼睛看着小胖,好像这个浑蛋真的能告诉她所有她不知道的事情一样。

"然后它们就死了。"小胖说。

"我大概猜到了,"弗兰克说,"但不是所有的都会死掉吧?"

"是的,"小胖说,"所有蝉都会死掉。"

"唷。"我发出声音。

其他三人好奇地看着我。但我还能说什么呢?我对蝉一无所知,只知道弗兰克和珍妮竟然愿意听一个陌生人讲这么无聊的故事,这很烦人,可当我告诉他们电话吃人的事情时,他们显然完全不相信我的话。不管怎样,我当时并没有那么害怕。

"啊,好吧,"珍妮说着又回到炉灶前,"我们总会在某一天死去,所以如果在快活的时候死去,那一定是更好的。"

我不同意,最好是在你过得不好的时候死去。但我什么也没说。

"对了,你们在那所房子旁边干什么?"珍妮问道。

"我们只是路过。"我说。小胖吞下最后一口食物。他的下巴开始工作,把食物磨成更小块。他看起来和我们刚开始吃饭时一样饿。最后,他用叉子把盘子刮得干干净净,然后吸溜一声吸光了剩下的汤汁,嗯,就像一部电话一样。

弗兰克笑着说道："要甜点吗，孩子们？"

我本来盼着小胖会响亮地说"好的！"，但他面带愁容。

"妈妈不让我吃。我们家的人很容易发胖，所以我只能在周六吃甜食。"

"我们理解，"珍妮说，她歪着头，带着"看可怜孩子"式的微笑看着小胖，"好吧，那么，你们两个可以去理查德的房间玩了。"

"非常感谢今天的款待，阿普尔比先生和太太。"

我在小胖背后取笑他的花言巧语，但珍妮和弗兰克都假装没有注意到。

"我们要玩什么？"来到我在楼上的房间后，小胖问道。他正坐在玩具箱前的一把儿童椅上。我来的时候它已经在这里了。珍妮和弗兰克从来没有告诉我为什么他们会认为一个十几岁的孩子需要儿童家具或者喜欢玩木制积木，而且出于某种原因，我也从来没有问过他们。现在他坐在那里，好像他才是这个房间的主人——仿佛弗兰克和珍妮收养的是他，而不是我。

"我们现在玩'你快回家'的游戏。"我说。

在随之而来的沉默中，我似乎能听到远处的昆虫群在敞开的窗户外开派对的声音，听起来就像变电站发出的低沉嗡嗡声——除非这嗡嗡声就在我的脑海里。这是我以前不曾有过的愤怒的症状。看着他脸上目瞪口呆的表情，这种症状变得更加强烈了。

"还有一件事。你不准对任何人说我害怕的事。无论是在学校，还是别的任何地方。如果你这样做了，我会像踩死一只蟑螂一样把你碾碎。因为我当时并没有害怕。那是谎话！听懂了吗？"

他没有回答，但我看到他咽了一下口水，我脑子里的嗡嗡声越来越大。我的声音也越来越高。

"你听懂了吗，蟑螂杰克？"

然后，小胖似乎从震惊中回过神来。他摇了摇头，近乎放纵地摇头，就像一个成年人被迫应付一个不守规矩、不懂礼貌的孩子。

"但是，理查德，这没什么好羞愧的。一百万只昆虫——"

"如果你说了，"我尽可能冷酷地说道，"我就告诉所有人，你爱上了小奥斯卡。"

直到此时，他看起来才真的受伤了。

我本可以就此打住。我知道应该就此打住——好吧，实际上我应该在此之前就打住。但我做不到，愤怒像一个开始滚动的雪球，而我已经失去了对它的控制。

"你听到了吗，蟑螂杰克？"我继续说，"你真他妈的恶心，这就是没人愿意和你一起玩的原因。蟑螂杰克。蟑螂杰克。"

他张开嘴，但如果他真的想说什么，那他也没能说出口。

"蟑螂杰克！蟑螂杰克！蟑螂杰克！"

他还是没说话，但眼镜开始起雾。他挤在那把儿童椅的扶手之间，而我站在他身边，继续喊着他的新绰号。他双手放在面部和眼镜前面，似乎是想保护自己免受这些话的伤害，但我靠得更近了。我听到了低沉的抽泣声，泪水经过他的手，顺着圆圆的脸颊流下来。

我的声音也开始变得奇怪，就像机器里进了砂砾一样。奇怪的是，我好像也哭了起来。但我喊得越来越响，声音也逐渐稳定下来：

"蟑螂杰克！蟑螂杰克！"

这时，奇怪的事情发生了。

小胖弓着的背上长出了某种东西。

我找不到别的方法来解释这件事。一种纤薄的东西开始从他的毛衣里伸出来，类似保鲜膜或用来制作透明雨伞的伞布。它伸展开来，就像一辆敞篷汽车的车顶，一种黑色的、闪亮的东西开始在他的身体周围展开，就像榛子的外壳。或者一只昆虫的壳。因为现在我可以看出，从他背上长出来的东西正是翅膀。

"杰克？"我说。

他把双手从脸上移开，抬头看着我。

我猛地起身。我想尖叫，但嘴巴太干了。他的眼镜不再是眼镜，而是变成了两只突出的、闪闪发光的红色多面眼，正死死地盯着我。

他僵硬地从椅子上爬起来。我向门口退去。我伸手去开门，打算逃跑，但这时我停了下来，因为小胖越来越小了。是的，我看着他的体型逐渐缩小，他看上去不再那么可怕了——除了从头上伸出的一对触角和从肚子两侧长出的一双锯齿状的黑腿。他已经很小了，现在椅子看起来大小合适了。

"小胖，停下，"我用尽全力低声说道，"快停下，你听到了吗？"

他发出一种尖锐的咔嗒声，好像在试图用莫尔斯电码回答。他现在比椅子还矮了，跟玩具箱里的泰迪熊一样大。黑色的外壳正逐渐覆盖他的头部，但从他的脸上仍然可以看出恐惧的表情，我意识到这不是他主动的行为，而是被外界施加在身上的变化。

"小胖？"我低声说道，"杰克？"

他现在跟昆虫一样大了。或者，更准确地说，他变成一只昆虫了，一只用红色的眼睛抬头看着我的蝉。

我润了润嘴，想喊弗兰克。但我没有。也许是我做不到，也许是我不想这么做，因为一个念头击中了我。我就是对他做这件事的人。我不知道是怎么做到的，但也许我不应该说那么多遍关于蟑螂的话。

事实上，也许我根本就不应该那么说。

我低头看着那只昆虫。显然，我为小胖感到难过，因为他已经没救了，如果他在晚餐时所说的关于蝉的话是真的，那他无论如何都会在一周后死去。现在，我所有的愤怒都烟消云散了，取而代之的是越来越强烈的恐慌。如果这是我的错，并且被人发现了，麦克莱兰可能就不仅想把我锁在一个黑暗的地方了。他可能想看到我被绞死，我最终会被挂在某个地方的牢房天花板上晃来晃去。我能想象到那根绳子，绑绳子的灯钩，以及我身下那把被踢开的椅子。

我的心怦怦直跳，脑子里只有一个念头：

销毁证据！

我抬起脚，朝那只昆虫踩去。

噢，不，它一下就溜走了，藏到了椅子下面。我抓起床头柜上卡夫卡的书，跪着向椅子爬去。但当我举起书打算把蝉拍扁在地板上时，它展开翅膀飞了起来。它径直朝着打开的窗户飞去，当我跳起来时，为时已晚。当我追到窗边，它已经不见了，被傍晚的黑暗吞噬了。我瞪着窗外的夜色。我觉得我能看到一双红色的眼睛在那里发光，但小胖不见了。我听了一会儿从镜林里传来的低沉嗡嗡声。也许小胖终于被邀请参加了那个我们这样的人从未被邀请参加的派对。我坐在那里，直到心跳速度慢下来。然后我关上窗户，下楼去找珍妮和弗兰克。

10

麦克莱兰警长正站在会议室的窗边，看着窗外。房间尽头的展板上贴着一张附近区域的地图，上面圈出了若干个地方，其中有些地方被涂掉了。我猜这些是他们已经去寻找过汤姆的地方。

阳光照在外面的停车场上。在停车场的另一端，紧挨着消防站，有一座高高的瞭望台，显然是方圆数英里[①]以内的最高点。弗兰克在我搬来这里的几天后就带我上去过，也许是希望给我留下深刻的印象——比如"这可是消防队长的塔楼"。我不忍心告诉他我以前在城里住的那栋楼是这座塔的两倍高。他告诉我，这座塔在夏天日夜都有人值守，以提防森林火灾。他告诉我，森林火灾常常发生，而且会给靠森林为生的小社区造成巨大损失。我也不能否认，巴兰坦确实有大片的森林。除此之外的事物就比较稀有了。比如说，人。现在，估计他们中的一半人都在外面寻找小胖和汤姆，而我正被困在弗兰克和珍妮中间的椅子上。

"那么杰克·路德是在八点整离开你家的？"麦克莱兰说道，"回家了吗？"

"是的。"弗兰克说。

麦克莱兰用拇指和食指抚摸着胡须，然后朝坐在桌子旁做笔录的警官点了点头。

到目前为止我还没怎么说话。弗兰克建议主要由他来讲话，我对

---

① 英美制长度单位，1英里约合1.609公里。——编者注

被问到的所有问题，都尽量只做简短回应，并且绝对不能提及任何关于排水管的话。

小胖（或者曾经的小胖）飞出窗外后，我下楼来到客厅，撒谎说他已经回家了，他从我房间外面的排水管爬了下去。他们有点惊讶，因为小胖并没有给人一种会杂技的印象。但他们相信了我的话，因为他们已经抓到我爬排水管好几次了——尽管我被严厉地告知这是被禁止的行为，不仅因为这很危险，还因为排水管不是很结实，如果弄坏了要花很多钱修理。当天晚上晚些时候，当小胖的父母打电话来问他的下落时，珍妮回答说他八点整就走了，而没有说任何关于排水管的事。我终于带了一个朋友回家，她不想让我们看起来像一个不负责任的家庭。所以，当午夜刚过警察打来电话时，她和弗兰克仍然坚持这个说辞。但是，当然，弗兰克和珍妮无疑认为，这已是短时间内第二个突然消失得无影无踪的我的玩伴，他们觉得也许最好不要留下任何让人起疑的余地，所以确认自己亲眼看到杰克·路德走出了门。

"一个很有礼貌的男孩，"珍妮说，"一个非常好的人。"

我只参加过两次葬礼，但我知道像这样的话只会被用来形容那些你不太了解的人。麦克莱兰似乎没有反应。珍妮没有理由认为小胖已经死了，对吗？因为所有人都认为，他只是失踪了。

"好的。"麦克莱兰说着，转过身朝向我们，眼睛盯着我。尽管他有一双像猪一样的小眼睛和稀疏的小胡子，但他其实看起来很和善。也许他只是……只是在尽力做好自己的本职工作。而此时，他的本职工作就是观察我，检查自己是否有X光透视能力，并弄清楚我脑子里在想什么。那时候，我脑子里确实在想很多东西。

"谢谢，你可以走了，"他说，眼睛仍然盯着我，"我们很快会再谈的。"

11

"这甚至比那个电话的故事还糟糕,你知道吧?"卡伦站在屋顶的边缘,俯视着校园。我把一切都告诉了她,房子、昆虫群和小胖的变形。

"我知道,"我喃喃道,"所以我不能告诉任何人,他们只会认为我是世界上最糟糕的骗子,一句话也不会相信。"

她转身面对我:"你凭什么认为我会相信你?"

"因为你……"我犹豫了,"你不相信我吗?"

卡伦耸了耸肩:"我想至少你信了。"

"这是什么意思?"

卡伦叹了口气。"在巴兰坦从来没有人失踪过,理查德,而这是几天内的第二起失踪案。在这两个案件中,你都是最后和他们在一起的人,这就更奇怪了,因为每个人都知道你实际上没什么朋友。"

"我有你这个朋友。"

"我说的是多个朋友。复数。"

"但是我有证据,我也一直在说!"我意识到自己提高了嗓门,"就是那本旧电话簿!"

"我听到你说找到了伊姆·乔纳森这个名字,但这并不意味着……"

"不意味着什么?不意味着我说的是实话?如果我没有听到或亲眼看到过,我不可能发明这样的名字!"我揉了揉太阳穴,感觉到一阵头痛。

"我只是说,警长会认为你想到了这个名字,是因为它很有名,它……他是怎么说的来着?"

"是这个城镇的历史。好吧,那你听说过伊姆·乔纳森吗?"

"没有。"

"那好吧!而你从出生就住在这里了。"我呻吟道,"我也不清楚是怎么回事,但伊姆·乔纳森、汤姆和小胖,这一切之间是有联系的,你也看得出来。"

她仰着头,双手垂在身体两侧。"我也看得出来?"

"对不起,我不是说……我……抱歉。"我伸开双臂,"我现在压力非常非常大。"

她又恢复了卡伦式的温和眼神。"我知道,理查德。还有一件事……"她停下来,若有所思地用食指摸着下唇。

"什么?"我不耐烦地说。

"如果警长关于城镇历史的说法是真的,我们应该能在本地的历史年鉴中找到伊姆·乔纳森的信息。"

"本地的历史年鉴?"

"对。年鉴每年都会出,会记载家族历史,以及在巴兰坦发生的一些偶然事件。"

"我们在哪里能找到它们?"

"它们放在B系列书架上,"齐默尔太太指着图书馆后面的书架说,"一共有四十八卷。你们要找什么?"

"关于一个名叫伊姆·乔纳森的人的信息。"卡伦说,从学校一路跑到这里,她还有些上气不接下气。

齐默尔太太使劲打了两个喷嚏。"里面没有关于伊姆·乔纳森的信息。"她一边带着鼻音说道，一边从柜台上的卷纸上撕下一张纸。

"哦，"卡伦说，"你怎么知道？"

"因为我了解巴兰坦，"齐默尔太太说，"就像了解我的图书馆一样。比如，我知道你叫卡伦·泰勒，是尼尔斯和阿斯特丽的女儿。"

卡伦点点头表示确认，齐默尔太太继续说，眼睛盯着我："我还知道我们少了一本电话簿。"

我感觉自己的脸立刻红了。"我……嗯……我就是借走看一下。今天下午我会把它带回来的。"

"我猜也是这样。你是怎么从上面把它拿下来的？"

"那里有一架高高的梯子，像消防梯。"

"胡说！"

"胡说？"

"是的，我们这里没有什么高梯子。而且我们不外借电话簿，或是本地的历史年鉴。它们都是只能在馆内阅读的参考书。并且，正如我所说，年鉴里没有任何有关伊姆·乔纳森的信息。"

我转向卡伦，她正悲伤地摇着头。

"不管怎样，谢谢您。"卡伦叹气道，我们开始朝门口走。

齐默尔太太在我们身后清了清嗓子："年鉴里什么都没有，是因为出版商不想出版城里的八卦。"

我们停下来，转过身来。

"您知道伊姆·乔纳森是谁吗？"我问道。

"当然。"

"为什么？"

"因为他是罗伯特·韦林斯塔德的养子,韦林斯塔德在一九二〇年将这座图书馆捐赠给了巴兰坦。他们曾经住在夜之屋。"

"夜之屋?"卡伦问道。

"人们就是这么称呼它的。那栋位于镜林的大宅邸。"

"您说'曾经住在'?"我说,"所以伊姆现在不再住在那里了?"

"据我所知,伊姆·乔纳森自从被送到惩教所后就不再住在巴兰坦了。那是几十年前的事了。"

"他做了什么错事吗?"

"噢,是的,但那是在他出事之后。"

"什么事?"卡伦问道。她看起来和我一样急切。

"噢,伊姆有点不合群,经常被其他孩子捉弄。然后,有一年的万圣节,当每个人都在外面讨糖果时,他们包围了伊姆,把他脱光衣服,绑到了格伯哈特农场牛圈的围栏上。然后他们中的一个偷偷溜进谷仓,打开了电源。当人们找到伊姆时,他……他和以前不一样了,如果可以这么说的话。"

"他以前是什么样?"卡伦问道。

"他以前是个善良体贴的男孩,有点独来独往,会花很多时间在图书馆。他说他将成为一个著名作家。"

"在那之后呢?"

"他变得刻薄了。"

"怎么刻薄?"

齐默尔太太连续喘了三次粗气,但都没有打出喷嚏。"他欺负其他孩子,"她说,"我想是为了报复,但他不止欺负那些把他绑到通电的围栏上的孩子。有一次,他偷了一个邻居家孩子的自行车——那是那孩子的生日礼物，并把它扔到了河里。但最主要的是，他喜欢吓唬他们。有一次，他打扮成一个女孩死去的父亲，站到她卧室窗外的月光下。当警长因偷盗自行车而抓到他，问他这样做是不是为了报复时，伊姆回答说他不记得是谁把他绑在围栏上了，所以他要向所有人复仇。"

"他不记得了？"卡伦问道。

齐默尔太太耸耸肩："他们说电击会影响记忆。我认为这也对他的大脑产生了其他影响。"

"比如说？"我问道。

"他变得很奇怪。他曾经穿着破烂的衣服，独自待在镜林里，人们常说他在那里猎杀动物。一名男子声称曾看到那个男孩蹲下来吃一只老鼠，一只还在动的老鼠，当男孩抬起头时，还有血从他的嘴角流下来。"

"噢，不。"卡伦说着用手捂住了耳朵，但没有完全盖住。

"噢，是的，"齐默尔太太说，"另一名男子声称他曾看到男孩在吃昆虫，说他从地上捡起虫子，像吃爆米花一样咀嚼。伊姆还养成了奇怪的爱好。有一天他来找我，他当时就站在你们两个现在的位置，问我有没有关于黑字魔法的书。"她压低了声音，"他的眼睛又黑又野，衣服很脏，浑身发臭。可怜的孩子！难怪他们不得不把他送到一家惩教所。"

"那么，您有吗？"我问道，"有关于黑字魔法的书吗？"

齐默尔太太看着我，但没有回答。我们一言不发地站在那里，这可能是我的想象，但我似乎能听到远处传来的声音。那就像风吹过中空的树干的声音，或者猫头鹰的警告叫声。

"在哪里？"卡伦问道。

"就像我说的,"齐默尔太太低声说着,突然变得不安起来,"我们没有能爬那么高的梯子。"

"但是……"我说道。

"现在你们得走了。"她向我以为听到声音的地方望去,"我们要闭馆了。"

"现在?"卡伦说,"但现在才……"

"你永远不应该依赖时钟,卡伦·泰勒。快,马上出去!"

刚从图书馆出来,我就看到了那辆红色的汽车。因为这一次它没有停在远处,而是就停在了图书馆外面。它显然已经厌倦玩捉迷藏游戏了。

"是什么?"卡伦问道,她注意到我停了下来。

"一辆庞蒂亚克勒芒,"我说,"1968年款。"

"我的意思是,怎么了?"

"我们马上就知道了。"我说。因为车门开了,一个高个子男人走了下来,他穿着黑色西装,打着一条黑色的细领带,一头侧分的黑色头发,又亮又厚,看起来像瓷质的,有点像超人的头发。我毫不怀疑,这就是我在警察局会议室里看到的那个人。

"理查德·艾劳维德,"他说,手里亮出一个皮夹,里面有一颗金属星徽,"我是联邦警察局的戴尔探员。"

12

一个穿着白大褂的男人站在我身边,他正把电线连到我裸露的躯干上。戴尔探员开着红色轿车载我来到警察局后,就把我带进了地下室的一个小房间。房间看上去好像曾经被用作录音室,因为它有隔音墙,和另一个房间共用的墙上有一扇大玻璃窗,窗户两侧都有麦克风。但很明显,它也可能曾被用作刑讯室。

"不用担心,理查德。"戴尔探员说。他正双臂交叉靠在墙上。他之前说过,他是一名专门处理失踪人员案件的调查员。他和那个穿白大褂的人来到巴兰坦,是想搞清楚我对汤姆和杰克的情况了解多少。

白大褂的手又冷又湿,这两只手依次抓住我的胸膛、脖子、后背和手腕,把红色、蓝色和橙色的电线连到我身上,所有的电线都连着桌子上一台嗡嗡作响的大家伙。他们告诉我,这是一台测谎仪,他们可以判断我说的是实话还是谎话。最好说实话,否则可能会承担后果。他们没有明说是什么后果,但他们让我明白,这些后果非同小可。

"好了。"白大褂说着坐在桌子另一侧的椅子上,一边调整眼镜,一边盯着面前的屏幕。

戴尔探员也走过来坐下。"在我们开始之前,你有什么问题要问吗,理查德?"

"有,"我说,"当时你和警长同意放我走,就是为了监视我,看我是否会泄露什么信息吗?"

戴尔探员看了我很长时间,然后回答:"还有其他问题吗?"

"没有了。"

"好,"他说着把手放在我们中间的桌面上,"我的第一个问题是关于汤姆的。我们推断他掉进了镜林的河里。我们已经对那条河进行了搜索,但没有结果,所以我们相信他被水流带到了下游,向南朝乌鸦湖的方向。我们和一个人谈过,过去木材顺流而下的时候他就在那里了。他给我们指出了一些地点,说那些不幸被困在原木下淹死的划木筏人常在那儿被冲上岸。我们去了,没有找到汤姆,不过我们在岸边发现了这个。"

戴尔把一样东西重重地放在桌子上。是卢克·天行者。那个塑料人偶正用蓝色的眼睛看着我。

"我们和汤姆的父母谈过了,他们说这不是他的玩具。但当我们问当地售卖这种玩具的玩具店老板时,他告诉我们,他的儿子最近在汤姆参加的一次班级聚会上被人偷走了一个这样的玩具。所以我们相信,汤姆掉进河里时身上就带着这个人偶。对此你知道些什么吗?"

"不知道。"我说。

那个穿白大褂的人摇了摇头,没有说话。

"测谎仪显示你在撒谎,理查德。"

"好吧,"我说,然后咽了口唾沫,"那我说汤姆偷了人偶,最后掉进了河里,机器现在显示什么结果?"

那个穿白大褂的人又摇了摇头。

戴尔皱起了眉头:"也许你应该试着说点实话,理查德。你叫什么名字?"

"理查德·艾劳维德。"

白大褂点点头。

"还有别的吗？"

"汤姆被电话吃掉了。"

穿白大褂的人看了看屏幕，然后抬头看着戴尔。他点了点头。

我看到戴尔的下巴肌肉收紧了，他一只手紧紧地握拳，指关节都变白了。

"杰克呢，他怎么了？"

"太晚了，他只好离开了。"

"你看到他走了吗？"

"对。"

"他是要回家吗？"

"我想他是要回家，是的。"

白大褂不停地点头。

"你知道他有没有绕路吗？"

"我不知道他有没有绕路。小……杰克对昆虫很感兴趣，所以他可能去了镜林里的那栋房子。最近蝉正蜂拥而至，尤其是在那栋房子周围。"

"是吗？"

"如果我是你，我会去查查住在那里的那个人，也许他知道些什么。"

"那个人是谁？"

"我想他的名字是……"我咽了下口水，"伊姆·乔纳森。"

白大褂摇了摇头。

"我知道他的名字叫伊姆·乔纳森。"我更正道，白大褂点了点头。

13

"所以这就是人们口中的夜之屋?"戴尔边说,边透过大门的栏杆凝视着摇摇欲坠的房子,还有屋顶上长出的橡树。

"图书馆里的齐默尔太太是这么说的。"我说,麦克莱兰点头表示同意。

"它看起来被废弃了,"戴尔说,"你说有人住在这里?"

我耸耸肩,这时麦克莱兰警长抓住了大门把手,我正要大声警告,但什么也没发生,他推开大门,我们三个人穿过湿漉漉的地面向房子走去。我得承认,此刻它沐浴在月光下,周围没有雾,看起来不像上次那样令人毛骨悚然了。现在已经看不到蝉的踪迹了,它们一定是一直开派对直到累倒,并悄悄地回到了地下,或者已经把派对转移到其他地方了。尖尖的山墙看上去不再像魔鬼的角,从地基的大裂缝中长出来的树根也没有让我想到蟒蛇。麦克莱兰身材魁梧,他小心地试了试腐烂的木台阶,然后走到门口。他没有费心敲门,而是直接去拉门把手。

"锁上了?"戴尔问道。

"膨胀变形了。"麦克莱兰说,然后双手抓住把手,用力一拉。门发出一声低沉而不情愿的呻吟,挣脱了门框,我们凝视着门后的黑暗。里面空气潮湿,从几个方向传来滴答声。

我们走进一个巨大的厅。

突然间,那种诡异的感觉又回来了,和上次我站在外面时一样。

看起来好像有人曾在里面狂乱地跑来跑去。

大厅中间,在一堆翻倒的家具和一架断成两半的三角钢琴上,放着一幅大幅面的画。镀金的画框有好几个地方都断裂了,画布是湿的,上面布满了蜘蛛网和污垢,所以不可能看到画的是什么。墙上带图案的壁纸鼓了包,还有几处破成条从墙上垂下,通往环绕大厅的画廊的宽阔楼梯上少了几级台阶。

戴尔走到三角钢琴前,而麦克莱兰走到其中一扇门前,打开手电筒往里面看。

"这里不可能有人居住。"戴尔边说边按下两个发黄的琴键。他的声音,以及那破碎刺耳的走调琴声在大厅里回响。我们仿佛置身山洞。

"我不知道,"麦克莱兰低声说。"这实际上是一个完美的家。"

戴尔眯起眼睛,把西装外套推到一边,像电影里那样,拔出一把闪亮的手枪。我心跳加速,悄悄地向他靠近。他举起手臂,悄悄地走了几步,直到站在了麦克莱兰身后,越过他的肩膀往前看。我蹲下来,以便看到房间的内部。起初,我只能看到一张坏得只剩木头的床,然后我抬起头,看到了警长用手电筒照着的东西。在靠近天花板的一根横梁上,好像晾着一排稍微被拉伸变形的黑色内裤。

麦克莱兰说:"如果你是蝙蝠,这确实是个完美的家。"

就在这时,一条内裤掉了。它向我们飞来,戴尔发出一声尖叫,随后,当内裤从我们头顶飞过时,传来了像是手枪射击的声音。我过了一会儿才意识到那其实就是手枪射击的声音。我们转过身,看着内裤在大厅里飞了几圈,然后消失在了楼上的一个房间里。

戴尔清了清嗓子:"我没听到你说蝙蝠。"

"你怎么知道我说的是蝙蝠?"麦克莱兰问道。

"推断。"戴尔说着,又把手枪藏到外套下面。

我们走进隔壁的房间,站在那里凝视那棵高大粗壮的橡树。

"难以置信,"戴尔说,"能像这样长出地板,冲破屋顶。大自然一旦下定决心,谁都无法阻止它。这栋房子建好多久了?"

"我十年前才搬到这里,所以我不知道这个地区的全部历史,"麦克莱兰说,"但与我交谈过的人也都了解不多。不过房子很旧,这一点毫无疑问。"

"毫无疑问的还有其他事情——那就是这里没有伊姆·乔纳森,"戴尔转过身来对我说,"这里没有,电话簿上也没有。"

我耸耸肩。"我看到了。这里,还有电话簿里。"

"这个孩子在撒谎!"麦克莱兰厉声说道。

我们开车回了警察局,他们让我待在隔音房间里,而他们在窗户另一边的房间里交谈。因为房间是隔音的,一开始我什么也听不见,只看到麦克莱兰走来走去,说话时脸上带着愤怒的表情,而戴尔则平静地坐在椅子上。但后来我试着按下桌子上控制面板的一些按钮,他们的说话声突然从墙上的扬声器中传了出来。

"每个人都说他是个麻烦制造者。"麦克莱兰一边继续说,一边用拳头击打手掌,"现在,四位悲痛欲绝的家长乃至全镇的人都在疑惑我们为什么没有取得任何进展,这都是因为这个小流氓不肯告诉我们真相。我该怎么办?他年龄太小了,我不能把他关进监狱,而严刑逼供……好吧,我们这里不允许这么做。"

"测谎仪告诉我们,他所说的伊姆·乔纳森是实话,"戴尔说,"或者更确切地说:他相信自己说的是实话。除非……"

"除非什么？"

"除非我们面对的是一个名叫理查德·艾劳维德的精神病患者。"他们两个转过身看着我，我不得不使劲集中精力，不让他们看出我能听到他们说的每一句话。"精神病患者甚至可以骗过最先进的测谎仪。"戴尔说。

麦克莱兰慢慢地点点头。"如果你问我，我认为我们面对的是一个冷酷、肆无忌惮的年轻人——最糟糕的那种，戴尔——社会需要防范的那类人。"

"也许吧，"戴尔摸着下巴说，"你能跟我说说这个乔纳森的事吗？"

"伊姆·乔纳森？我只听过几个故事。我知道他的父母死于火灾，那里有什么不祥的东西，那个男孩把它带到了这里。"

"他没带过来！"我大喊，但显然他们什么也听不见。

"他被送进了惩教所，"麦克莱兰继续说道，"据我所知，从那以后，这里再没有人见过他，也没有人收到过他的消息。我们的问题不是伊姆·乔纳森，而是这个可恶的理查德·艾劳维德。我们该怎么处置他，你有什么建议吗，戴尔？"

"把他送到一个他有时间思考和忏悔的地方去。几周，也许几个月，应该会奏效。"

"比如哪里？"

"你刚才自己就提到过。"

"是吗？"麦克莱兰皱着眉头，然后他的脸面露喜色，"噢！"

我坐在那里，听着麦克莱兰给珍妮和弗兰克打电话，告知他们所谓"紧急措施"，并要求他们带些衣服、洗漱用品以及我在惩教所短期或长期逗留所需的任何其他物品。

车窗外是平坦的沼泽地、泥沼和树木。主要是树。事实上,是成片的森林。

弗兰克开车,珍妮坐在后排座位上。他们并没有说明让我坐副驾驶的原因,但这并不难猜测。当你开车送你的养子去荒郊野外的一个惩教所时,你会让他坐在他喜欢的地方,有点像让死囚选择最后一顿饭。珍妮说我们已经开了三个小时的车,还要再开三个小时。

弗兰克正随着收音机里的音乐哼唱着。

乡间小路,带我回家,去到我属于的地方。

仿佛事实就是这样,我属于我们正要去的地方。

"它不是监狱。"麦克莱兰向弗兰克和珍妮保证。

"但它就是一座监狱!"当我告诉卡伦我要去哪里时,她惊呼道。

"一年很快就会过去。"珍妮安慰我说。

"那可是一辈子!"卡伦生气地厉声说道,"你甚至什么都没做!"

她答应来看我,甚至当着小奥斯卡和其他人的面在校园里拥抱了我。我差点哭出来,但还是设法忍住了,没有让他们称心如意。班上没人对我说什么话,甚至连鸟鸣小姐也没有,这大概是因为他们很可能不会对我说任何好话。他们终于摆脱了我,这让他们松了一口气,从他们瞪我的表情可以明显看出这一点。因为他们现在真的害怕我了。至少我做到了这个。

"推断是什么意思?"我问道。

"推断……"弗兰克一边说,一边花时间思考。事实上,他用了一节歌曲的时间。没关系,我们有充足的时间,时间太多了。"推断是一种逻辑。你通过排除一切不可能来找到解决方案。那么剩下的就是可能的选项了。如果只剩下一种可能，那就是答案。你明白了吗？"

"是的。"我看着窗外说。我意识到这意味着排除了有人被电话吃掉或变成昆虫的可能性。在那之后，只剩下一个骗子，他可能对两个男孩的失踪负有责任。这是合乎逻辑的。如此合理，以至于我自己也会这么想。如果我没有亲眼看到不可能的事情实际上是可能发生的话。

珍妮把我们的到达时间精准估算到了分钟，可能是因为这条路——大部分像一条笔直、单调的线穿过大地——几乎没有什么车经过，也没有任何路口或限速的变化。

"就是这里吗？"我怀疑地问道。

我们在一块田地中间停了下来。

"看起来是。"弗兰克说。

我们下了车。寒风习习，天空乌云密布。

"是的。"珍妮说，她浑身发抖，抱着手臂站在那里，看着铁丝网后面那座堡垒般的白色建筑。我们看不见也听不见其他人说话。只有这片荒芜的土地，这座冷漠的建筑，以及阵阵寒风，风吹得大门上方的标志在链条上来回摆动时吱吱作响。上面有些字母已经褪色或被风雨磨掉了，但我知道上面写的是什么。

罗里姆青少年惩教所。

14

麦克莱兰说得没错，罗里姆青少年惩教所不是监狱。因为在这里，确保门锁上的不是警卫，而是"安全官员"，而监督我们的是"老师""作业指导""活动负责人"或"校长"。在这里，我们不是"服刑"，而是"落入社会的安全网"，我们被告知应对此深表感激。如果你违反了诸多内部规则中的一条，你不会受罚，而会被"纠正"或"剥夺特权"，比如被限制外出的时间，或者失去被单独关押的待遇。据我所知，没有人曾被殴打或受到其他体罚，但那些失去控制的人——如此多脆弱的年轻人聚集在同一个地方，显然会一直引发这种事——都得到了照顾。按照规定，这里不允许使用手铐，但如他们所说的那样，为了安全起见，他们可以把你绑在椅子上或床上。我晚上上床睡觉时经常睡不着，听着其他房间传来的尖叫声，心想我如果待得久了，会不会也变成那样。

每当家长或其他亲属来访时，校长经常带他们参观教室、为那些更擅长动手实践的人创办的工作坊，以及我们用来发泄压力、肆意释放攻击性的健身房。窗户上没有栏杆，也没有枪支和制服。我们——是"居民"，而不是囚犯——也被允许穿自己的衣服。罗里姆的建筑尽管和周围的风景一样荒凉，但总是干净的，墙被粉刷成白色，因为清洁和刷漆是我们的主要活动之一。在外人看来，罗里姆一定和其他任何一所面向年轻人的寄宿学校一样，但我们这些住在那里的人更清楚它是什么。

晚上，男孩和女孩被严格隔离在不同的房间里。只有两个人例外——双胞胎维克托和瓦妮莎·布卢门贝格。没有人告诉我们为什么，但原因已经再明显不过了。如果你把他们分开超过一个小时，他们都会发疯。没有任何纠正措施或特权剥夺方式能阻止他们，而且这对双胞胎长得高大壮实，对建筑的结构和工作人员的安全都可能造成影响。最终，校长意识到唯一的解决方案是阻力最小的道路——让他们共享一个房间。这样也好，毕竟没有人想跟他们共享房间，因为传言双胞胎的小弟弟——他们认为他得到了太多的关注——在睡梦中被闷死了。

但是谣言实在太多了。

例如，有人说瓦妮莎和维克托不仅是同卵双生，还是同半卵双生。他们是提前太多出生的早产儿，出生时大腿相连，所以都一瘸一拐的，一个右腿瘸，另一个左腿瘸。他们共用一个大脑，所以经常一起静静地坐在那里，眼神呆滞，张着大嘴。他们说话不多，甚至彼此都不说话，但有人说他们不需要说，因为他们可以通过心灵感应进行交流。

但这些大概都是胡说八道。

至少我希望是。

因为我和双胞胎被安排在了同一个房间。只有我一个人。其他房间都是四个人。而我们的房间，是二对一。在最初几周里，他们没有跟我说过一句话，也没有看我一眼，就好像我不在那里。我觉得挺好。我睡得很浅，一直保持着警觉。

我是接受过教育的"居民"之一。我们坐在一间教室里。老师从一开始就放弃了，只要能顺利度过一天，没有人情绪失控、受伤或变得更愚蠢，他就心满意足了。之后是在食堂吃午饭，然后可以呼吸一段时间的新鲜空气。天总是灰蒙蒙的，似乎一成不变，令人感到压抑，但钢灰色的天空从未下过雨。晚上，其他人会去打乒乓球或是坐在电视室里，但我始终单独行动，可能去图书馆散步。卡伦让我领略到了读书的滋味，这个得归功于她。日子和从巴兰坦出发的路一样漫长而单调，所以当我独享房间一周时，生活才算起了一点变化。当厨师指控维克托偷了他的钱包时（当然，他确实偷了），他用切肉刀砍了厨师的脸。当厨师躺在厨房地板上流血时，瓦妮莎可能是出于团结，还踢了他一脚。不管怎样，这对双胞胎被分别关在自己的小房间里（但那里不是牢房），并不得不在那里独自度过一天（但这不叫关禁闭），而我们整晚都能听到他们的尖叫声。他们回到房间时，变得不一样了。他们似乎崩溃了，低头盯着地板，而我不再是隐形的了，实际上，当我想进出房间时，他们还会让开路。一天晚上，我躺在床上，瓦妮莎问我在读什么。我很惊讶有人和我说话，一开始我以为我听错了，但当我抬起头时，看到她正从我们的三层床的最上层探头往下看。我告诉她这是一本名为《巴比龙》的书，讲的是一个人越狱的故事。我听到维克托在中间的铺位上咕哝道：

"越狱。"

从那天起，我们开始进行一些简单的对话。或者更确切地说，其实是一场对话，因为总是聊同一件事——越狱。维克托和瓦妮莎想逃出去。他们说，必须离开这里，否则会死在里面的。我问他们希望逃到什么地方去，是否完全确定外面的世界会更好，他们只是用呆滞、茫然的眼神看着我，我猜这意味着他们要么认为这是一个荒谬的问题，要么实际上还没有想过。最后，瓦妮莎回答说：

"在外面，至少他们不能再把我们分开了。"

"你要帮助我们。"维克托说。

"我？"

瓦妮莎点点头。

"你凭什么认为我能帮上忙？"

"因为你可以读关于如何逃跑的书。"维克托说。

"你们也能读……"

"不，"维克托打断道。"我们不能。帮帮我们，否则……"我第一次从他的眼睛里看到了空虚之外的东西，一种冷酷残暴的东西。

我吞了一下口水："否则？"

"我们就杀了你，"瓦妮莎说，"我们知道怎么做。"

"是吗？"我说，"厨师可活了下来。"

"因为我们允许他活着，"维克托低声说，"等你等到周日。"

"周日？只有四天了。"

维克托聚精会神地瞪大了眼睛，我看到他数手指时嘴唇在动。

"没错。"他说。

并不是说不可能逃离罗里姆。走出围栏并不会特别困难，难的是如何走得更远。如果你认识什么人，他开着一辆逃跑用的车在那里等着你，那么也许可以。如果没有，你和最近的定居点之间是五十公里的平坦开阔地带，没有人会在罗里姆青少年惩教所附近接上搭便车的青少年。人们反而会拉响警报。

所以我不得不想出一个计划，一次性解决越狱和远离的问题。

答案是垃圾车。

垃圾车每周五早上都会出现，所以，在双胞胎给我下最后通牒的两天后，我正好站在厨房后面的院子里，垃圾车正倒车进来。我看着车上下来两个人，把九个绿色的垃圾箱推到垃圾车旁，并把它们一个一个地连接到起重机上。其中一个人按下垃圾车侧面的按钮，另一个人一边穿上某种背部束带，一边看着垃圾箱被抬升到空中，翻转，然后把垃圾倒进车厢后部，同时伴随着液压的呻吟声。这些垃圾箱一米长一米宽，高度差不多到我胸口。

我走到他们面前，出于好奇问了几个问题，他们也都高兴地一一回答。那天晚上，我们躺在铺位上，我向双胞胎简单概述了我的计划。

"我们分别躲在两个垃圾袋里，再分别被放入两个垃圾箱。"维克托重复道。

"是的，"我说，"我们把其中两个垃圾箱推进厨房，把垃圾移走，为你们腾出空间。你们钻进垃圾袋，我把袋子捆起来并把垃圾箱推到外面。我会在袋子上打几个洞，你们就可以呼吸了。重要的是，你们落到垃圾车里时，不要发出任何声音，因为那两个人就站在旁边看着呢。"

他们都点了点头，我听到铺位吱吱作响，

"垃圾车会开去埃文斯，去收集更多的垃圾，"我说，"埃文斯离这里三十公里，所以可能不会有人怀疑你们来自罗里姆，你们可以从那里搭便车或乘公共汽车。"

短暂的停顿后，我听到了更多的吱吱声。

然后，经过一段更长时间的停顿后，传来了维克托的声音："还有七天。"

"没错。"

"你本来只有四天。"

"要想出一个计划，而不只是逃出去。"

"四天。七天太久了。"

"好吧，如果你们杀了我，就没有人绑垃圾袋了。"

又一次长时间的停顿。然后是一种我以前从未听过的奇怪声音，声音同时来自我上方的两个铺位，混合着鼻息、沉重的呼吸声以及听起来像未上油的门铰链的声音。我终于意识到双胞胎在笑。

那个周日我有一位意外的访客。是卡伦。

我们被允许坐在食堂里，她面前还放着那个小笔记本。和往常一样，她总是问关于我的问题，而不是讲她自己的情况。她问我过得怎么样，如何打发时间，罗里姆里面的人怎么样，还有食物、床和我正在读的书。她记下了我对被关起来的感受，晚上梦到的东西，我认为没有人相信我的原因，还问我是否还记得之前发生的一切——汤姆被电话吃掉了，以及小胖变成了一只昆虫。

"你为什么把所有的东西都写下来？"我问道。

卡伦环顾四周，好像有人在空荡荡的食堂里偷听似的，然后身体前倾，轻声说道："我想解开伊姆·乔纳森之谜。"

"为什么？"

她惊讶地看着我，然后回答。

"因为如果我们找到他，对你会有好处的，理查德。这对我也有好处，对我们所有人都有好处。"

"所有人？"

"对。"

为什么？

"因为我认为如果我们不采取行动，他可能会带来危险。"

"什么意思？"

卡伦进一步压低了声音："关于伊姆·乔纳森，齐默尔太太有些事情没有告诉我们。"

"是什么事情?"

"他并不是因为喝老鼠血、浑身发臭或者偷了一辆自行车而被送进惩教所的。真正的原因是他放火烧了他父母的房子。"

"什么?"

"他们都被烧死了。"

"真的吗?"

卡伦点了点头,把粉红色的发夹夹在那页笔记上,合上笔记本。"我在本地的历史年鉴上读到过。确切地说,不是关于伊姆,而是关于一场导致两人死亡的火灾。我想他现在又回到了巴兰坦。"

"我一直是这么说的!"我大声喊道,当我看到"活动负责人"在看着我们时,又平静下来。"我说过我在镜林的那栋房子里看到了一个人。"

"你不知道那是不是伊姆·乔纳森,理查德。"

"不,我……"我不知道如何向她解释,所以只能直说,"我认出了他。"

卡伦睁大眼睛看着我:"怎么认出来的?"

"我不知道。"我把一只手放在额头上,感觉额头发烫,"我只知道我在什么地方见过那张脸。"我轻声说道。

"你生病了吗?"卡伦焦急地看着我。

"不,只是感觉一下子发生了好多事。"

外面汽车的喇叭响了。

"我也是,"卡伦说,"听起来好像有人在等我。"

"什么人?"我对这次来访非常惊讶,甚至没有想过她是怎么来的。

"奥斯卡。"她把笔记本放进包里,脸上快速闪过一丝微笑。

"奥斯卡?他还不到十六岁,不能开车。"

"这不是城里,理查德,我们这里没那么严格。奥斯卡已经十五岁了,有临时执照。"

"那好吧。所以他也可以开车带你去休姆了?"

"休姆?"

"电影院。去看你喜欢的老电影。"我本可以不说的,但为时已晚。当她摇头否认时,我至少感到了些许宽慰。我想知道她是怎么说服奥斯卡帮她来看我的。我猜他是认为,如果她无论如何都要来看我,倒不如他来这里盯着她比较好。她站了起来。

我和卡伦一起走到食堂外面的围墙前,一名"安全官员"一边打开大门,一边盯着我们。外面停着一辆福特格拉纳达。我向前走了一步,看到卡伦意识到我正要给她一个拥抱。她抢在我前面,把手伸了出来。

"照顾好自己,理查德。"

我站在围墙内,看着汽车开走了,后面飞扬着一团灰尘。正值夏日,风一个劲地吹,一成不变的灰色云层覆盖着单调乏味的大地,不热亦不冷,不黑也不亮。

15

卡伦探访之后的几天过得尤为漫长。我比平时更加沮丧了,双胞胎即将逃离,我却既不高兴也不紧张。

一天晚上,我梦到自己站在消防站的塔顶。天很黑,下面的停车场上只能看到消防车顶部旋转的蓝光。我只能依稀辨认出下面的人,却能清楚地听到他们的声音。人很多,他们在吟唱:

"跳,跳,跳!"

我想按他们说的做,但我怎么能确定那些声音是为了我好呢?

"跳,跳,跳!"

也许他们只是兴奋于可能会看到有人从这么高的地方摔落。也许他们是饿了,想吃掉我。或许他们是对的呢?我是不是必须跳下去才能得救?也许我别无选择。但跳下去很难,信任一个人也很难。我刚做了决定就醒了。白天我没有多想那个梦,但当我再次上床睡觉时,我仍然能听到那个声音,就像合唱一样,我也跟着哼唱起来:"跳,跳,跳!"直到我意识到这是一首悲伤的曲子,才停了下来。

接着,周三,也就是逃跑的两天前,我收到了一封信,让我的心情发生了翻天覆地的变化。

卢卡斯是罗里姆唯一一个和我真正交谈过的人。他在那里工作四十年了,既是看管人员又是图书管理员。我们谈论最多的是书。他把信扔在阅览室里我面前的桌子上。

"是个女孩的笔迹。"他说完就走开了。

信是卡伦写的。

亲爱的理查德：
　　我在追踪伊姆·乔纳森！我想我知道他藏在哪里了，但我需要你的帮助，只有你知道他现在的长相。你有没有办法请几天假，回到这里，做你该做的事情？
　　　　　　　　　　　　　　　　　　　　　　　　卡伦

附言：我知道我们道别的时候气氛有点冷，因为我知道奥斯卡在看着我们。他满脑子想着我会和他在一起，一想到回家路上的气氛会很糟糕，我就无法忍受。并不是说拥抱会意味着我们在一起了，但你也知道像奥斯卡这种爱吃醋的阿尔法男会想些什么。

我又把那封信读了几遍。准确地说，十二遍。我做了以下的初步分析：
　　——卡伦选择用"亲爱的理查德"而不是"嘿，理查德"作为称呼语，如果是我给她写信，我大概会用"嘿"。我是说我会用"嘿，卡伦"。
　　——卡伦当时确实想给我一个拥抱。
　　——卡伦不认为我是个阿尔法男。
　　——卡伦小心翼翼地强调拥抱是出于友情，我也会这么说。但我这么说的原因不是怕她误解，而是害怕她明白我的心意。
　　——卡伦强调她不想成为奥斯卡的女朋友。她这么说是因为她认为我嫉妒他们一起开车来这里吗？她为什么要考虑我的感受？
　　——卡伦不想让奥斯卡吃醋。她为什么要考虑他的感受？
　　我双手抱着头。该死，我脑袋里一团乱。
　　然后我又读了一遍信，并判定最重要的是卡伦想让我去巴兰坦。

"是好消息吗？"卢卡斯一边把扫帚递给我，一边狡猾地笑着问道，这意味着我必须在小图书馆关门前扫完地。

"是我在巴兰坦的一个朋友，"我说，"她想让我去看望她。"

"你想去看她吗？"

"非常想。"

"那好，"卢卡斯说着，接过我手上的扫帚，"你需要请假。"

"有可能吗？"

"要写探亲许可申请。如果你在这里表现不错，通常会得到许可。坐下，我去拿笔和纸。"

说干就干。

卢卡斯扫地的时候，我写了一个简明扼要的申请。

尊敬的校长：
  我申请下周末去巴兰坦看望养父母。我想指出我没有不良行为记录。

理查德·艾劳维德

"很好，"卢卡斯靠在扫帚上说，"把它交给行政办公室就行了。我会确保它被优先考虑，只要你确实有需要假期的理由。"

我轻快地跑了出去，穿过院子来到行政大楼。我看到门口的安全员在看着我，钟楼上的安全员拿着双筒望远镜紧紧盯着我，他们还不习惯有人在这里跑。我按下这座长方形的两层办公楼的门铃，门罗太太金属般的声音应声传来。我解释了自己来访的原因，几分钟后她出来开门。门罗太太是一个性情暴躁、滑稽可笑的肥胖女人，她脾气火暴，喜欢嚼口香糖。她声称，在一个男性主导的世界里，女性唯一的特权就是被允许扇厚脸皮的男孩耳光。我把那张纸递给她,她看了一眼,然后用手指着楼梯。我疑惑地看着她。

"快,快,我已经跑得够多了,"她厉声说道,"校长办公室的门是红色的。别废话,我给你二十秒。"

我跑上楼梯,敲了敲门。我听到房间里校长的声音,听上去像在打电话。他的声音像往常(尤其是他生气的时候)一样轻柔。我又敲了一次。在等待的间隙,我看了看近处几张挂在走廊墙上的镶框照片。照片标记有不同的年份,但令人困惑的是,它们彼此颇为相似:四五十人站在主楼前的台阶上,显然是当年在罗里姆的住客和工作人员。脚步声离门口越来越近,我听到校长在电话里说"是的"和"噢,亲爱的"。这时,我的目光被离门最近的那张照片中的一张面孔吸引住了。或者更确切地说,如果那不是一张照片,我会说其实是那张脸的主人看到了我。

看到照片的那一刻,我就知道不应该感到惊讶,但即便如此,我还是感觉仿佛有人把一根冰柱刺进了我的内脏。

那张苍白的脸直勾勾地盯着镜头,盯着我。就像它透过镜林的窗户盯着我时一样。我面前那扇血红色的门打开了,校长站在那里。

他又高又瘦,一副温柔的模样,一开始就骗过了所有人。

"我理解你的担心,拉尔森太太,"校长说。从桌子上拉出来的螺旋状电话线被拉紧了,抖个不停,我看到办公室小得惊人,我以前从未见过内部是什么模样。校长看了一眼我递过去的纸,快速地看了我一眼,然后点了点头——电话始终没有离开耳边——又关上了门。我又看了一眼墙上的照片。是那个人。接着,我跑下楼梯。

"二十五秒。"门罗太太边绷着脸说话,边用她那巨大的身躯堵住了路,"你偷窃或毁坏过物品吗?"

"改天再说。"我说。

门罗太太扬起眉毛,我看到她准备抬起右手掌,红色的上唇向后卷曲,一脸淫笑。但随后,她身上的肉开始颤抖,嘴唇突然咧向两边,脸上露出了笑容。她走到一边。

我跑回图书馆时,卢卡斯还在扫地。

"罗里姆有没有过一个叫伊姆·乔纳森的男孩?"我上气不接下气地问道。

卢卡斯抬起头来:"你为什么问起这个?"

"我刚刚在行政楼的一张照片上看到了他。"

"那你已经知道了,为什么还要问?"

"因为我只见过他成年的样子。毕竟人是会变的。"

"你确定吗?"

"难道不是吗?"

卢卡斯深深地叹了一口气。"我在这里工作是因为我希望这是真的,年轻人至少可以改变。但很明显,在糟糕的日子里,你会忍不住心存疑虑。"

"你还记得伊姆·乔纳森吗?"

"哦,记得。"

"他怎么了?"

"你来告诉我。我想这里没人知道。"

"什么意思?"

卢卡斯发出了一声更深的叹息,这让我想起了镜林中那栋房子里的滴水声。他把扫帚靠在墙上。

"来杯茶吗?"

16

"在我四十年的工作生涯中,很多年轻人来了又去,"卢卡斯说,他还没喝那杯茶,"像我这样的老人不可能记住他们所有人,但像伊姆·乔纳森这样的小伙子不容易忘记。我第一次见到他,是在他来这里找我的时候。他说想要一本关于魔法的书。"

"黑字魔法?"

卢卡斯抬头看着我:"是的,没错。但我们这里没有这样的书。"

"什么样的书?"

"能给年轻人……想法的书。我不知道的是,那个男孩当时已经有了我甚至无法想象的想法。"

"什么意思?"

"伊姆·乔纳森不仅仅是一个堕落的男孩,理查德。他还很邪恶。你明白吗?邪恶。"卢卡斯看了我一眼,好像在确认我已经明白了这个词的全部含义,"他的邪恶至今仍然根植在这里的墙壁上。他逃走时,这里的每个人都松了一口气。没有人说,但每个人都知道,当时的校长等了两天才发出警报,好给那个男孩一个逃跑的机会,这样他就不会被送回这里了。"

"他真的逃走了?"

"是的。"

我喝了一口茶:"他做了什么糟糕的事?"

卢卡斯抱着手臂，凝视着我，好像在思考什么。

锁已经生锈了，卢卡斯转动钥匙，把门推开。地下室的空气寒冷刺骨。我们走进一个只有两平方米的小房间，一张蜘蛛网粘在了我的脸上。一张窄窄的床是房间里唯一的家具。

"我们过去常把伊姆·乔纳森关在这里，算是一种……"卢卡斯想换一个词，但还是放弃了，"隔离。针对那些变得暴力的人。但在他逃跑后，这个房间只使用了三次，管理层就决定完全停止使用它了。"

"为什么？"

"因为在伊姆·乔纳森之后被隔离在这个房间里的三个人，都只在这里待了一天就试图自杀。前两人在早餐时被看到坐在座位上重复简单的词和短语，然后，当天晚些时候，其中一人试图在房间里上吊自杀，另一人则从屋顶跳下，但活了下来。"

我浑身发抖。自杀？房间里一片漆黑，没有窗户，油漆在剥落，墙上的划痕表明有人试图用刀切割墙壁。尽管如此，对罗里姆来说，蓄意破坏的行为和涂鸦并不罕见。

"我们相信，他们重复的内容出自伊姆·乔纳森在这里的墙上刻下的文字，"卢卡斯说，"最好不要看得太久或太仔细……"

当我的眼睛习惯了黑暗，我才发现那些划痕是单词和数字。它们彼此挨得很近，覆盖了地板和天花板。没错，连天花板上都有字。我疑惑地指着上面。

"谁都不知道，"卢卡斯说，"这里没有东西可以让他站在上面来够到天花板。他也没有锋利的工具。唯一的可能就是他用了手指甲。"

"手指甲？"我难以置信地说。

"别问我。"卢卡斯说。

我已经不自觉地开始看了，有一个以PAKS开头的单词，但我很快就把目光移开了。

"被关在这里的第三个人怎么了？"

"我们粉刷了墙壁，这样就看不见字了。但是当第二天我们回来时，他用牙齿和指甲刮去了油漆，并试图用头撞击墙壁。仿佛他无法忍受房间里面的东西。那么多血……可怜的孩子。如果这些墙是砖砌的……"卢卡斯摇了摇头。

"现在你们又粉刷过墙壁了？"

"正如你所看到的，只涂了一层。我们请了专业的装饰师，但在涂完第一层后，他们就离开了，并且拒绝回来。所以我们就把它锁上了，并且……"卢卡斯慢慢地走开，好像听到了什么我没注意到的动静。

"你还没告诉我他是怎么逃跑的。"

"因为我们都不知道。"卢卡斯朝着地下室的走廊看去，看向我们头顶光秃秃的灯泡无法照亮的暗处。"那天早上我们到这里时，门是锁着的，但伊姆·乔纳森不见了。没有人承认放走了他。当晚值班的安全官员发誓他们没有睡着，也没有看到或听到一个活生生的人离开。只有一只喜鹊，他们看到它在月光下从主楼飞出，飞过围墙。并不是说他附在喜鹊身上了，可能是因为我们这里没有喜鹊，他们才提到这一点。"

"也许校长为了摆脱他放他走了呢？"

"也许吧。"卢卡斯看上去瞪大了眼睛，仿佛认为自己在走廊尽头的黑暗中看到了什么。"好了，理查德，我们上去吧。"

他一边锁上地下室楼梯的门，一边说道："别告诉任何人我带你参观过房间。不是我不被允许这么做，是我不想在这群易受影响的人中间散播恐惧。"

"当然不会。"我说，并努力阻止自己问这个显而易见的问题：如果他不想吓到像我这样的人，那又为什么带我去那个房间呢？

那天晚上，我躺在床铺上，想着卡伦。想她可能在追踪什么。还有那张某人仿佛在看着我的照片。最后，就在睡着之前，我想到了一只喜鹊在森林里尖叫。我又醒来，至少我以为自己醒了，因为走廊里的电话在响。我躺在那里听着电话铃声，以及维克托和瓦妮莎平静的呼吸声。我应该叫醒他们中的一个人吗？不，他们很早就上床睡觉了，以确保为第二天午饭后的逃跑做好准备。在发生了这一切之后，我几乎忘记这件事了。我等着铃声停下来，但它没有停。汤姆出事后，我一直远离电话，但铃声令人厌烦地响个不停，以至于我想如果铃声不尽快停止或没有人接，我都要发飙了。最后，我从床上坐起来，站到冰冷的地板上，悄悄地走到走廊里。

电话挂在厕所和紧急出口之间的墙上。它只能用于接听从行政大楼转接过来的来电。打电话的通常都是这里的居民的父母、朋友或伴侣。弗兰克和珍妮打过几次电话，但我总是找借口不靠近电话，说下次他们来看我时再聊，他们每个月来看我一次。我并没有觉得大半夜办公室里没有人而电话却响个不停有多么奇怪，就像你做梦时不会觉得自己会飞或者天空呈现绿色有多么奇怪一样。尽管如此，当我逐渐走近那部疯狂地响着的黑色物体时，还是感到一阵毛骨悚然。

我在电话前停了下来，有些犹豫不决。

我的手不肯抬起来，双脚也不肯回到房间里温暖的床上。

铃声越来越大。为什么其他人都没有出来？我凝视那振动着的坚硬塑料话筒。

然后，我接了电话。我屏住呼吸，小心翼翼地把听筒举向太阳穴，并保持距离，不让它贴到我的耳朵上。

"喂？"我说，我能听到自己的声音在颤抖。

我听到有人喘了口气，接着是轻柔的说话声。起初很难分辨电话那头是男人还是女人。

"我说的是实话。"

"喂？"我又重复了一遍。

"我想进去。"是个男人，"你想让我进去。因为你是我的。我只是在告诉你真相。"

"我……"

"这是他们无法忍受的。事实。让它进来。"

"我要挂了。"我说，正要挂断电话，突然听到电话那头在叫她的名字。

"什么？"我说，尽管我已经听得足够清楚了。

"卡伦。"那个声音重复道。

"卡伦怎么了？"

"她以为她会找到我。但其实是我会找到她。"

"什么意思？你是谁？"

"你知道的。她会燃烧，你爱的女孩会燃烧，而你无能为力，因为你又小又弱，是个懦夫。你是垃圾。你听到了吗？你是垃圾。你会让我进去的。"

我快速挂断了电话。我全身都在发抖，好像生病或者发烧了。电话上方的墙上刻着一个字。我认出了字迹，立刻闭上眼睛，不给自己时间去读。我得回到房间。我闭着眼，指尖沿着墙壁摸索，我沿着走廊往前走，心在胸口砰砰作响，那些话在耳边不停地回响。垃圾。燃烧。垃圾。燃烧。不要看，不要读。天已经冷了，空气又变得黏糊糊、湿漉漉的，我的手指终于滑过一个缝隙，滑到一扇门上，然后找到了门把手。我往下按门把手，同时把门向外拉。

门是锁着的。

我睁开了眼睛。那不是卧室的门。我环顾四周。我又回到了地下室，这是伊姆被关的房间的门。锁孔里有把钥匙。垃圾。燃烧。垃圾。我用拇指和食指捏住，转动钥匙，打开了门。我凝视着黑暗。什么也看不见，但能感觉到里面有呼吸声。然后我放开门把手就开始跑，一直跑。但我的腿好像困在什么东西里面了。在垃圾堆里，我陷入了垃圾堆。

我惊醒过来。房间里有些不同。光。透过窗户照进来的阳光。我坐在铺位上，环顾四周后意识到，这是自从我到罗里姆以来，第一次看到阳光普照。维克托和瓦妮莎坐在我上方，摆动着双腿。

"你们夜里听到电话铃声了吗？"我一边问道，一边揉去眼睛里的睡意。

他们看着我，摇了摇头。

"好的，我只是想确认那是一场梦。"我边说边站起来开始穿衣服。

"记得要等到午餐结束后二十分钟再去厨房，"瓦妮莎说，"到那时，厨师要去睡午觉了。"

我点了点头。我已经和双胞胎说过这个相对简单的计划至少二十次了，现在在他们开始重复其中的细节，反过来指导我了，仿佛是他们想出了这个计划一样。

早餐时，我问住在同一条走廊上的其他人昨晚是否听到了电话铃声，他们都说没有听到，我就把整件事抛到脑后了。

午饭前的课程中，我一直心不在焉，在脑海里逐字逐句又读了一遍地卡伦的信。我在考虑一旦请假被批准，我该怎么去巴兰坦。我在这里从来没有见过公共汽车，但主干道上肯定有公共汽车吧？也许我可以让卢卡斯开车送我去那里。我突然想到：如果我被发现参与了双胞胎的逃跑计划，就肯定不能请假了。我看了看时间，离午饭还有一个小时。有那么一瞬，我想过把逃跑计划告诉校长，说我从来没有打算帮助他们，只是为了自己的安全而假装帮他们。但我很快就打消了这个念头。我可能做过很多坏事，但我不是告密鬼。好吧，也许更多的是因为我见到过告密者的下场。我只希望一切按计划进行。

17

午餐时，每当维克托和瓦妮莎一瘸一拐地从厨房的旋转门进来时，我都会和他们交换眼神。罗里姆餐厅的厨房工作人员不穿围裙，而是穿白色长外套和戴高高的尖头厨师帽，这让我想起了三K党。有两个厨师在工作，加上双胞胎，后者把盛有鱼、土豆和煮熟的蔬菜的金属托盘端到柜台，并移走逐渐叠高的待洗餐盘。每次我们的目光相遇，他们都点点头，意思是一切都在掌控之中。我看着旋转门上方的时钟；垃圾车一小时后到。

当我吃完饭，把盘子和餐具放在柜台上的架子上时，卢卡斯走到我面前。

"校长想和你谈谈。"

心脏在胸口怦怦直跳：是我的请假申请。

我又看了看时间。离垃圾车到达还有四十五分钟，没必要紧张。我穿过空地到达行政区的速度比上次还要快。大门口和钟楼上的安全官员都看到了我，但对我似乎没有上次那么感兴趣了。一辆我以前见过的那种绿色汽车停在铁丝网围墙外。

这次开门的不是门罗太太，而是校长本人。

"跟我来。"他用那令人不安的柔和声音说。

我们一声不吭地上楼。我突然想到，这不太可能是准许短假的标准程序。出什么问题了吗？他打电话给对我的请假申请一无所知的弗兰克和珍妮了吗？或者——更糟糕——双胞胎把逃跑计划告诉了某个人，而这个人告密了吗？

校长为我打开红色的门，我走了进去。当看到校长办公桌后面的那张脸时，我屏住了呼吸。他坐在那里，双手紧握放在脑后，一言不发地向校长点了点头。门在我身后关上了，我意识到房间里只有我和桌子后面的那个人了。

围墙外的汽车。相同的车型，不同的颜色。

是戴尔探员。

"我听说你申请了请假一段时间，"他说，"受够罗里姆了吗？"

我没有回答。

"我还听说你的表现称得上模范。鉴于这里的大多数人表现得比你糟糕得多却获得了批准，批准你的申请再合理不过了。事实上，我们同意延长你的请假时间。你觉得怎么样？"

我什么也没说，只是咽了咽口水。

"甚至可能永远离开这里。听起来很诱人吧，理查德？"

"是的。"我努力说道。

"很好！"他从脑后抽出双手，拍在一起，"那么，我们就这样安排。只是，有一个条件。"

我等着。

"那就是，你要告诉我们汤姆和杰克到底发生了什么事。"

我低下头，低头看着运动鞋。我又咽了咽口水。

"我……"我轻声说。

戴尔兴奋起来，从夹克里掏出一样东西。这次不是手枪，而是一台黑色的小录音机，外面覆盖着带孔的皮革。他把它放在我们中间的桌子上："你什么？把他们推进了河里？"

"没有。"我抬起头，看着戴尔，"我已经说过了。我已经告诉过你发生了什么。真的。你知道的……电话之类的。"

戴尔看了我很长时间。然后,他重重地叹了一口气,十指相抵,缓缓地摇了摇头。

"理查德,理查德,请不要告诉我,我开了这么远的车,都是白费功夫。"

我的请假申请没戏了。我感到喉咙发紧。

"你必须让我去巴兰坦,戴尔探员。就两天。给我两天时间,查出汤姆和杰克发生了什么事,拜托。"

戴尔目不转睛地盯着我。

"你知道吗,我觉得你现在比我们第一次见面时更麻木不仁了,理查德。你学会了撒谎,甚至连联邦警察都差点信了你的话。这就是你在罗里姆学到的东西吗?"

有那么一瞬,我产生了满足他的冲动,想告诉他"没错,我杀了汤姆和杰克"。但我不认为这会让他同意我请假。

"拜托……"我轻声说道,感觉自己快要哭出来了。

我看到戴尔在犹豫不决。

"这里的情况怎么样?"我没有听到校长走进来,但现在他正站在我身后敞开的门口。

戴尔突然站起来,校长办公椅上的弹簧吱吱作响。他看起来既恼火又绝望:"我把他交给你了,校长。他最终会投降的。"

走回主楼的路上,我做了一个决定。这并不难。

我走进房间,把手伸到橱柜后面,那里藏着双胞胎还没有找到的一点钱。

随后,我离开了房间,我希望这是最后一次。

就在这时——往外走的时候——我注意到电话听筒并没有放在电话的顶部,而是垂向地面。听筒里有声音传出,不是吗?

我走近一点,然后突然停了下来。我觉得身上的汗毛都竖了起来。

那个声音——吮吸的声音——和汤姆被吃掉时的声音一样。

然后,声音停止了,好像有人听到我走近。它开始说话。

"你是垃圾。她会被烧死的。你是垃圾——"

我转过身,快速地向出口走去。身后的声音开始喊叫,声音也变得失真了。

"她会被烧死。你是——"

我用手捂住耳朵,跑到了外面的阳光下。

"我也要走。"等维克托、瓦妮莎和我从院子里把三个(而不是两个)垃圾箱推到厨房里,我说道。

他们看着我一眼,又互相看了看,随后点了点头。大概意思是,没问题。

午饭后,两个厨师像往常一样去睡午觉了,留下双胞胎来洗碗。他们直到快吃晚饭的时候才会回来,而垃圾车还要过一段时间才到。

我们移出了一些垃圾,好让垃圾箱里有足够的空间。维克托和瓦妮莎一直穿着他们的三K党服装,以免下面的衣服被弄脏,然后,他们各自爬进一个垃圾箱,把垃圾袋拉过头顶。我在黑色塑料袋上打了十几个洞,然后他们蹲下去,我把袋子扎起来。

我把三个垃圾箱推回到外面院子里原来的位置。虽然知道从大门口或钟楼上看不到我们,但我还是环顾四周,确保没有人在看。我爬进第三个垃圾箱,盖上盖子,钻进那个打开的垃圾袋。绑自己的袋子更困难一些,但无论如何,我还是成功了。然后就剩下等待。

周围一片寂静。太安静了,我甚至无法屏蔽听筒里的话了。

最后。我终于听到了垃圾车的声音。然后是脚步声。当垃圾箱开始移动时,我失去了平衡,随后听到了轮子在沥青路上转动的声音。液压装置的声音。我知道自己正被抬升到空中,我感觉到肚子在发抖。很快我就会被倒下去。当它真的发生时,一切都太快了,我没有时间思考,只是意识到自己降落在了某种出奇柔软的东西上。但至少我脑海里的声音沉寂了。

但当垃圾车开始移动,我被来回摇晃了十或十五分钟后开始昏昏欲睡时,那个声音又起来了。为了把它拒之门外,我开始默默地唱歌。

去蒂珀雷里有很长的路要走。还有很长的路要走。去蒂珀雷里有很长的路要走。但那就是我心的归宿。

我一遍又一遍地重复着歌词,努力去想其他的事情。比如我和卡伦躺在学校屋顶上仰望天空中的云。比如仰面躺着顺流而下。比如游泳登上南海的一个岛屿,并和岛上的其他年轻人成为朋友。

太阳出来了,温度逐渐上升,垃圾袋内开始变得潮湿。伴随着逐渐上升的温度而来的是愈发浓重的臭味。纸尿片的臭味。我感觉自己离纸尿片有点距离,因为恶臭时断时续,但有人——可能是维克托——显然离得更近,因为我很快就听到了呕吐的声音。一想到他在自己的垃圾袋里呕吐,我也快吐了。因为我们之前的约定很明确,在我们被倒入垃圾场之前,谁都不能从垃圾袋里出来,即使被倒进了垃圾场,也必须数到一百才能撕开垃圾袋。只要一个人被抓住,我们就全完蛋了。

过了一会儿，维克托开始大喊大叫，我担心车厢里的人会听到。但随后我又听到了瓦妮莎的声音，她低声地说了一些我不明白的话，然后维克托就平静下来了。

我看不到手表上的指针，但我想大约过了一个小时，垃圾车减速并向左急转弯，然后换了挡。与此同时，我闻到了一股新的气味。我立刻僵住了。

是烟。

我没有问过，是因为我甚至没有想到这个问题：垃圾填埋场实际上可能是一个焚烧炉。车里的垃圾会被倒进道路尽头的炉子里，在那里所有的东西都会被烧掉。然而，我仿佛得到了一个从未问过的问题的答案，仿佛一个我忘记的预言即将实现。

被烧死的不是卡伦，而是我。

我的心跳越来越快，但我一动也不动。我不知道这是出于冷漠，还是我已经无法承受，或是身体的某些部分已经接受这就是我的命运。垃圾车刹车并停了下来，变速箱发出刺耳的声音，倒车，接着，下一刻我便开始移动，缓慢地滑动，然后变得更快了。接着，我又自由落体了。

我又一次落在了某种柔软的东西上。

烟味更浓重了，但我听不到火焰发出的噼啪声。相反，我听到垃圾车又开始移动了，我听到轮胎在砾石上滚动，嘎吱作响。当一切恢复平静，我听到旁边低沉的喃喃自语声。

"二十二、二十三、二十四……"

我躺在那里，听一听是否有其他的声音能透露给我当前的情况。

什么都没有。

我用一根手指穿过垃圾袋上的一个通气孔，然后把一只眼贴上去。只看到一片此起彼伏、五颜六色的垃圾海，还有一股薄烟从一垄垃圾后面升起。

"三十六，三十七……"

接着，有东西落在了我的垃圾袋上，一个如爪子一般锋利的东西刺穿了塑料袋，抓住了我的肩膀。我忍不住叫出声，并挣脱了。一声冰冷的尖叫紧接着我的叫喊声响起，片刻之后，袭击者离开了。

我透过它挖出的洞向外看，看到一只硕大肥胖的海鸥拍打着翅膀飞走了。鉴于我已经暴露了，我干脆跪起来，环顾四周。垃圾一望无际，只有垃圾车用来倾倒垃圾的坡道显得突出。我站起来，才看到碎石路蜿蜒穿过这片没有树木的荒地，朝着主干道延伸而去，主干道上，一辆运送木材的卡车正无声地驶过。在垃圾场的另一端，离我们一百多米远的地方，我看到一辆坏掉的汽车。还有一个木屋，一根锈迹斑斑的细管从木屋屋顶上伸出来，一股白烟冉冉升入空中。还有一个人。

我连忙弯下腰，但我知道已经太晚了。坐在木屋前的露营椅上的那个男人一定看到了我。我爬到已经数到四十五的垃圾袋旁，把它撕开。瓦妮莎停止了数数，抬头看着我。

"我们被发现了，我们要赶紧跑，"我轻声说道，"维克托在哪里？"

瓦妮莎坚定地指着右边不远处的一个垃圾袋。所有的袋子看起来都一个样，不知道她怎么会知道他就在那个袋子里，但我没工夫问这个。

等大家都从垃圾袋里出来了，并且始终没有听到木屋那边发出任何声音，我迅速站起来，又立刻蹲下。那人头上戴着什么东西，看起来像一顶毡帽。

"他还坐在那里,"我轻声说,"也许他根本没看到我们。也许我们可以向主干道爬过去,而不让他看到我们。"

瓦妮莎皱了皱鼻子。"你是说我们要从垃圾堆里爬过去?"

我不知道瓦妮莎什么时候变得这么娇气了,也许只是因为想到还有许多纸尿片。

"有老鼠。"她说,好像是在回答我的疑问。

"你怎么知道……"我开始说。

"所有的垃圾场都有老鼠,"她直截了当地说,"很大,还会咬人。"

我感觉这是她的经验之谈,于是就沉默了,同时思考其他的脱身办法。

我听到身后的维克托说了什么,而且声音不小。我转过身,惊恐地看到他站了起来,别人可以看得一清二楚。

"快趴下。"我带着怒气低声说道。

可是维克托仍然站着。似乎觉得这还不够,他开始在头顶上挥舞双手。

我抓住维克托的厨师外衣,想把他拉下来。"你在干什么?"我愤怒地悄声说。

"他是个盲人。"维克托说。

"他是什么?"

"盲人。他看不见。"

"我知道……"我站起来,看着那个男人。他坐在那里一动不动。但维克托怎么会知道他是盲人呢?

"他说得没错!"坐在露营椅上的人喊道,他的声音在垃圾堆里回荡,"视力不佳!"

18

"一个瞎,两个瘸,还有一个心里怕。"露营椅上的男人笑着说。

瓦妮莎、维克托和我在他面前排成一排。我们谁也没说话,只是看着他。他穿着一套略大的西装、一件白衬衫,戴着一顶毡帽、一副白手套。毡帽下面的脸是黑色的,但胡须和笑容都是苍白的。他的眼睛上有一层翳,让我想起了镜林中的湖,湖面上覆盖着一层蛙卵,我曾经向湖里扔石头,看看自己是否会对此感到内疚。我确实有些内疚,然后又扔了一块石头。

瓦妮莎、维克托和我疑惑地看着他。

"我有这个,"那人指了指我见过的最大的耳朵,它们看起来有茶托那么大,"你们两个走路时拖着脚走,而你……"他用一根黑色的拐杖指着我说,拐杖顶端镶着一个闪亮的黄铜球,"正在急促地呼吸。放松。这里没什么可害怕的。你们是跟垃圾一起来的?"

"不是。"瓦妮莎连忙说道。

"这是一个反问句,姑娘,这意味着我知道你们是跟垃圾一起来的。没有人打开垃圾车的门,你们穿过垃圾填埋场走到这里,而不是沿着路走。"他又指了指自己硕大的耳朵。"没有人能偷偷靠近老费赫塔。那么,你们有什么计划?"

"我们打算往南走,"我说,"或者往北,要看情况。我们怎么能离开这里?"

"既然你们没有车,那就只能乘坐大巴了。"

"大巴什么时候有?"

"一天一趟。恐怕它两个小时前就走了。"

我们三个看得见的人互相看了一眼。

"我们可以搭便车吗?"

坐在露营椅上的黑人开怀大笑起来。

"有什么好笑的?"我问道。

"好吧,在哈迪枪击案发生之后,过去的三十年里,这里没有人搭过便车,也没有人载过搭便车的人。相信我,你们不会搭到便车的。"

"就因为三十年前一个搭便车的人开枪射杀了一个叫……什么,哈迪的司机?"

"是的,但情况比那更糟。"盲人叹了一口气,"哈迪也射杀了搭便车的人。所以,这里没有人搭便车,也没有人载搭便车的人。"

"该死。"

"说得没错。你们想听故事的其余部分吗?"

"不用了,谢谢,"我说,"我们要出发了。"

"大巴还有二十二个小时才开,"男人轻蔑地说,"因此,警方表示哈迪——他曾因抢劫罪服刑——正在寻找受害者。那个搭便车的年轻人也在做同样的事。"

我看着维克托和瓦妮莎,他们只是耸了耸肩膀。

"他们都有枪,"男人继续说道,"所以汽车还在行驶的时候他们就开枪互射。汽车一直行驶,直到撞上了温特巴顿村的标志牌,两具尸体的头骨撞在风挡玻璃上,在玻璃上形成了两个完全相同的血红色玫瑰状破裂图案。"

"哼!"维克托哼了一声。

"我的跛脚朋友,这事和我的名字叫费赫塔·赖斯一样真实。"盲眼男人转过身,用拐棍指向我之前注意到的那辆汽车残骸,一辆白色丰田。"后来他们把车扔在这里了。因为没有人想要一辆曾经有人在里面被杀的车,哪怕它状况良好。走,去看看,那两朵红玫瑰还在那儿。扶我起来,亲爱的。"

费赫塔·赖斯伸出一只戴着手套的手,尽管有些困惑,瓦妮莎还是把他从露营椅上扶起来。他迈着细长的双腿跟跟跄跄地向汽车走去,我们又互相看了一眼,耸耸肩膀,跟了过去。果然,那辆丰田的前风挡玻璃上有两个玫瑰状的破裂图案,保险杠和格栅上有一个很大的凹痕,漆面上有条状划痕。但除此之外,这辆车看起来还不错。我还注意到钥匙还插在点火开关里。"你说它还能开?"

"运转良好得像一块瑞士手表。"

我看着双胞胎:"你们有谁可以……"

"我可以!"瓦妮莎说。

维克托点头表示肯定。

我摸了摸口袋里的钱。"赖斯先生,这辆车你要多少钱?"

"那辆车吗?"他抬起灰白的眼睛朝着天空中的太阳看了片刻,"一千美元。"

"哼!"维克托咕哝着。

"赖斯先生,"我说,"你甚至不能开那辆车。"

"我惊讶的朋友,价格不是由这辆车对我来说值多少钱决定的,而是由它对你们来说值多少钱。可能值不少钱,因为你们是潜逃人员,警察正在紧追不舍。"

我看到维克托睁大了眼睛盯着我。

我清了清嗓子。"赖斯先生,你怎么会有这种想法呢?"

"因为你们身上有垃圾的味道,因为你不知道自己在哪里,还因为警笛声正迅速逼近。"

"警笛声?"

他指着自己的耳朵。"我猜他们三分钟后就会到。"

我咽了下口水。闭上眼睛。努力思考。那么,我离开校长办公室后发生了什么?很明显,戴尔探员肯定会再次尝试说服我认罪,之后才会开车回家。但没有人能找到我,警报就响了。然后,当他们意识到双胞胎也不见了,戴尔探员会进行……叫什么来着?推断!他会排除不可能的选项,直到只剩下可能的选项,这样他就会知道我们是如何逃脱的了。而警车——我现在仍然听不见——显然比垃圾车开得快得多。

我又清了清嗓子。"赖斯先生,你能不能把车借给我们,并且不对警察说我们来过这里?"

"我不这么认为,不。"赖斯说。

我看着维克托和瓦妮莎。维克托慢慢地点了点头,似乎想告诉我什么,然后把手伸进厨师外套里,掏出一把大厨刀。我被吓了一跳,疯狂地摇头,但维克托只是慢慢地摇摇头,好像在说他已经下定决心了。他向费赫塔走近一步,举起刀准备攻击。

"这是买车的钱!"我脱口而出,同时把我手里的七张钞票塞进费赫塔的手里。

维克托僵住了片刻,他站在那里,穿着一身白色衣服,手里的刀朝着那个戴毡帽的男人。阳光照在刀刃上,闪闪发光。

费赫塔把拐杖靠在汽车上,指尖抚过钞票。

"这才七百。"他说。

"这叫讨价还价。"我说。

"这叫企图欺骗盲人,"他说。"你必须想出比这更好的理由,小伙子。不要告诉我这就是你们身上所有的钱。警察两分钟后就到,动作快点。"

"好吧,"我说,然后用舌头润了润嘴,"我要回家找我的女朋友,我需要帮助她。"

"要比这个更好!"赖斯喊道。

"我要用剩下的钱给她买点东西!"我脱口而出。

"还不够好!"

我深吸一口气,用尽全力大声地喊道:"把车给我们,否则我们中的一个人就给你一刀!"

"这才像样!"赖斯说,"这辆车是你的了!"

他拿起拐杖走开了,维克托、瓦妮莎和我匆忙坐上车。

瓦妮莎转动了点火开关中的钥匙。

什么也没发生。

她又试了一次。还是没反应。

赖斯用拐杖敲了敲侧窗,我摇下车窗玻璃。"电池没电了,小伙子。"

"你可没提过这个!"

"这辆车是按原样售出的。但我有跨接引线,可以让你用我的电池充电。五美元。有兴趣吗?"

"我没有……"我说。

"给你。"后座上的维克托说,他一只手伸出车窗,里面捏着一张皱巴巴的五美元钞票。

"瞧瞧。"费赫塔·赖斯把钞票拉直说,"但这可能需要一段时间，我认为你们可能没有那么多时间。所以我建议你们躺在后座上，直到下一波访客离开。"

头顶上，海鸥的叫声从空中掠过，现在我也能听到风中传来的低沉声音了。是警笛声。

我和瓦妮莎翻过座位，躺在维克托身上，此刻他已经躺在后排的地板上了。我听到车门打开了，有什么东西盖在了我们身上，是一条散发着淡淡的垃圾味的毯子。

警笛声越来越大，然后被关掉了，大概是汽车驶离了主干道。随后，车里鸦雀无声，我能听到其他人的呼吸声，能感觉到他们的胸部起伏。砾石嘎吱作响。然后是一辆八缸汽车的咆哮声，随之而来的是车门打开和关闭的声音。说话声。

"我们不能相信他。"瓦妮莎轻声说。

"我们应该杀了他的。"维克托低声说。

"嘘！"我说，"他们正朝这边走过来。"

三个人的脚步声，也许是四个人。

"这故事真的很有趣，赖斯先生。"这是戴尔探员的声音，"但如果这件哈迪枪击案发生在三十年前，那我当时还没有开始工作。我来这里不是为了听故事，而是为了寻找三个逃跑的年轻人。那么，我再问你一次，你见过这些潜逃人员吗？"

我屏住呼吸，感觉到双胞胎也是如此。

费赫塔·赖斯的声音听起来像牧师一样庄严，他回答道："我以我母亲的坟墓和圣母玛利亚发誓，戴尔探员。我没有看到你说的三个逃犯。如若我撒谎，你可以把我关进监狱。但是……"

"但是？"戴尔探员又燃起了希望。

"但是你看看这两朵玫瑰。完全一样！这难道不令人难以置信吗?"

戴尔探员低声嘟囔了一句。"真是难以置信。"他说。

我听到脚步声渐渐远去,然后才开始呼吸。车门打开又关上。引擎启动了,接着便是一辆绿色庞蒂亚克勒芒汽车驶离的声音。

"谢谢。"我一边喝着赖斯先生放在我面前桌子上的柠檬水,一边说。一只苍蝇嗡嗡作响,落在窗台上。我打开窗户让它飞走。

"为什么其他人都不想喝?"赖斯问道。他正坐在书架下面的沙发床上。他的木屋仅有一个房间,同时用作客厅、厨房和卧室,但它舒适而干净,并配有各种巧妙的自制家具,比如一块大磁铁,上面吸着各种工具,钥匙、餐具、硬币、开瓶器和其他你可能急需的东西。

"他们不喜欢待在室内。"我看着外面的双胞胎说。他们已经脱下了厨师外套,正坐在打开的汽车引擎盖前面的油桶上,眼睛盯着汽车,好像可以看到电流通过导线到达电池一样。

"顺便说一句,谢谢你。"赖斯说。

"为什么?"

"因为你阻止了那个跛脚小伙子用刀刺我。"

我惊讶地盯着他:"你怎么知道……"

"噢,"他歪着头说,"钢铁有其特有的声音。而恐惧也有它特有的气味。我不用看就知道。我们周围一直在发生各种各样的事情,而我们的感官却无法察觉。我知道,是因为我失去了一种别人告诉我真实存在的感官,尽管我不知道能看到东西意味着什么,但没有人告诉你你缺少了一些感知。"

"所以你认为发生了我们无法注意或理解的事情?"

"我知道,小伙子。就拿哈迪枪击案来说。谁能解释那个男孩是怎么消失的？"

"消失了？我还以为你说他死了。"

"噢，我也不知道。根据我的感官判断，我敢说他已经死了，但像他这样的人不会死于枪击。枪击案发生后的第二天早上，当医务人员到达太平间时，那只鸟已经飞走了。我说的就是字面意思，像鸟一样飞走了。"

像一只鸟。三十年前。我看到胳膊上的汗毛竖了起来。"他叫什么名字？"

赖斯摇了摇头。"他们始终没有查出来。但他不是本地人，因为埃文斯域内及周边地区没有人被报告失踪。"

"但你知道他是谁，不是吗？"

他耸耸肩。"几天后，我们听说有一个男孩从罗里姆逃走了。当然，听上去他就是那类人。"

"哪类人？"

"能变成飞行生物的人。只能用一种方法杀死的人。"

"什么方法？"

"用火。他们只能被烧死。"

我看着坐在沙发床上的赖斯，毡帽放在旁边。他凝视着前方，阳光透过窗户照进来，让他带着汗水的头皮闪闪发光。我突然意识到，世上有各种各样我看不见的东西。可能我也不想看到。

"我给你的那笔钱，都是十美元的钞票。"我说。

"是的，我知道十美元钞票和一百美元的区别。电池应该很快就充满电了。"

"赖斯先生，你为什么这么做？为什么要帮助我们？"

"哦，我不知道我是否会帮助另外两个人，我认为他们已经没救了，可怜的人。但你还有希望。"

"有什么希望呢？"

"那就要你自己去发现了。真实的自己。你想隐藏起来的那个温和善良的男孩。"

"我，善良？"我大笑起来，"你不知道我都做过什么，赖斯先生。你知道吗？我把一个想跟我做朋友的人变成了一只昆虫。在那之后，我还试着用脚踩他，把他踩扁，就因为……嗯，我甚至不知道为什么。"我的声音略微有些颤抖。

"我们害怕的时候会做很多愚蠢的事情，"赖斯说，"但现在你感到安全了，你刚刚还让一只苍蝇飞出了窗外。你认为哪一个是真实的你？如果你能摆脱你所害怕的东西，我想你就会发现一个不同的自己，一个你喜欢的自己，以前的自己。到那时，你就不必成为一个你极度厌恶的人，以至于必须不友善待人。"

我感到眼睛一阵刺痛。"他说……"

"什么？"

我咽了好几次口水，才把这些话说出口。"他说我是垃圾。"

"嗯，"赖斯说，"他是这么说的吗？好吧，我对垃圾倒是略知一二。你知道吗，理查德，"他身体前倾，一只手搭在我的肩上，"你不是垃圾。"

我闭上了眼睛。他的手又大又暖，他的声音就在我身边，他重复道：

"你不是垃圾。你——不——是——垃——圾。好吗？"

我点了点头。"好。"我用低沉的声音说。

"你说给我听。"

"我不是垃圾。"

"很好。再说一遍。慢一点。要发自内心地说。"

"我，不，是，垃，圾。"我感觉到了。

就是这样。

或者更确切地说，事实并非如此，因为有些东西不见了。我突然感觉像羽毛一样轻盈。

"感觉好些了吗？"

"是的，"我又睁开了眼睛，"你做了什么？"

赖斯笑容满面。"是你自己，理查德。让我们称之为白字魔法，这种魔法与黑字魔法相克。"他又戴上手套，拿起拐杖在地板上敲了两下，"我们出去送你上路吧？"

我站了起来，但正要从低矮的门口出去时又停了下来。"还有一件事我忍不住想知道。那个人说他要烧死她。"

"什么人？"

"伊姆·乔纳森。"

窗外的阳光消失了，一定是一朵云飘到了太阳前面，我看到费赫塔·赖斯变了脸色，好像突然感到十分痛苦。

"伊姆。"他闭着眼睛重复道。他的眼睑很薄，几乎是透明的，让我想起了蝙蝠的翅膀。他的眼睑开始抽搐、颤抖。

外面传来海鸥冷漠的叫声。

19

"再快点!"我喊道。

"这已经是最快的速度了!"瓦妮莎一边喊,一边弯着腰透过风挡玻璃上的两个玫瑰形状的破裂图案看路。

维克托坐在后排座位上,上身探到我和瓦妮莎之间默默地注视着前方,脸色比平时更苍白。自从我们离开垃圾场,天空就乌云密布,预示着要下雨。很大的雨。天也快黑了。

我看了看时间。

费赫塔·赖斯说他——伊姆——带走了她。我不知道他在颤抖的眼睑内侧看到了什么,但他说卡伦有危险,她被其中一个邪恶的词语抓住了,他不知道是哪个词,我需要找到那个能还她自由的词。我需要把伊姆从她身体里赶走。时间紧迫,而风暴即将来临,黑暗——视力正常的人一直在谈论的东西——很快就会降临到我们所有人身上,那时就太迟了。

我们经过一块牌子,上面写着我们离巴兰坦还有八英里,然后汽车前灯照在其中一根电线杆上,映出某种闪闪发光的金属物。

"停车!"

瓦妮莎瞥了我一眼,然后踩下刹车。

"怎么了?"维克托咕哝道。

"天快黑了,"我说,"我们赶不到了。我需要……"

我跳下车,跑到电线杆前。很明显,在这样一个偏僻、远离居民房屋的地方，电线杆上竟然挂着一部电话，这让我感到十分诧异。不过，这应该是为那些汽车发生故障或遭遇其他紧急情况的人准备的。

我在口袋里找硬币，但一无所获。我知道双胞胎身上也没钱了。之前维克托口渴了，命令瓦妮莎在加油站停车，还让我掏空了裤子口袋里的钱。直到我们都没有钱了，他才让瓦妮莎开车继续赶路。

我愤怒地踢了下电线杆，抬头看着向南朝着巴兰坦，朝着卡伦延伸的电线。向着镜林。我拿起听筒对着它喊道：

"快来抓我！来吧，你这个可怕的巨魔，带走我，不要带走她！"

但我得到的回应只是长长的拨号音。拨号音。我低头看着电话机上印着的紧急电话号码。救援车就是其中之一。我拨了那个号码。电话通了。真的通了！第三次铃声被一个人的说话声打断了：

"卡尔森拖车公司。"

"我叫理查德·艾劳维德，"我说，然后意识到我必须尽力不要说得太快，"我知道这与你无关，但我刚刚离开巴兰坦的家，忘了关掉烤箱，里面全是食物。如果没有关，一定会着火的。"

"理查德，你多大了？你的父母在哪里？"

"我十七岁，"我撒谎了，"我父母在我们的小木屋里，就是我要去的地方。"

"好吧，我们可以开车去那里，或者报警……"

"不，没有时间了，烤箱里在烤猪肉，脂肪可能已经着火了，而你、我和警察都离得太远了。我需要打电话给邻居，让他们进去，但我没有零钱。你能帮我转接他们吗？我这里有他们的电话。"

"把电话号码给我，我会打电话并转告他们。"

"不行，他们只会说瑞典语。"

"瑞典语？"

"他们年龄很大了。"我脱口而出爸爸教过我的几个瑞典语短语，是关于肉丸和自助餐的短语。还有裤子。

"穿上你的裤子！"我用瑞典语说。

"对不起，年轻人，"那位女士说，看得出来她开始觉得我的故事有点复杂，"但这里不是呼叫转接中心。我现在要挂断了，你可以报警，不用付钱。"

"等一下！"

"什么事？"

我做了几次深呼吸。我必须给大脑输氧，我必须绞尽脑汁思考。但她每次说"警察"这个词时，我的脑海都会浮现麦克莱兰和戴尔探员的脸，便开始恐慌，脑子一片空白。我深吸一口气，试着想想卡伦。

"你办公室里还有一部电话，是吗？"我说。

"呃，是的。"

"你能给我的邻居打电话，然后把听筒挨着放吗？"

我听到电话那头的女人在犹豫。

"那是我妈妈做的烤猪肉，"我声音颤抖着说，这颤抖几乎完全显得自然了，"我本来只想要再把它加热一下。那是世界上最好的烤猪肉，昨天她和爸爸离开前刚做的。然后，因为打包行李之类的，我完全忘记了这件事。她也是世界上最好的妈妈。"我抽了一下鼻子，心想自己是不是演得太过了，"可现在她的房子要——"

"把电话号码给我，理查德。"

我听到女人拨打电话。我听到她说"泰勒太太，理查德给您打来了电话"，然后对我说"她接了"。

"卡伦吗？"我说。

"卡伦在她的房间里，"那个声音说着，"是她的同学理查德吗？"

"我需要和她谈谈，泰勒太太。"

"她不舒服，不能打扰她。是理查德·艾劳维德吗？那个……"

"不舒服？"我打断了她的话，希望能打断她的思路几秒钟，"哪里不舒服？"

"是……我们会处理好的。还有其他事情吗，理查德？"

"她的举止奇怪吗？"

"我要挂了，理查德。"

"等等！她是不是一遍又一遍地重复同一个词？"

电话那头一片寂静。

"是什么词？"我问道。

没有回答。

"泰勒太太，这很重要。我不知道是否能帮上忙，但我知道如果我不知道这个词，我就肯定帮不了忙。"

我听到卡伦的母亲颤抖地对着听筒呼吸，然后她哭了起来。

"不是一个单词，"她抽泣着说，"听……听起来她好像在说'伊姆'。她只是坐在那里盯着墙，一遍又一遍地说。医生开了镇静剂，但她不吃。她——"

"泰勒太太，听我说。你需要和她待在一起。她可能会试图伤害自己。"

"为什么？"泰勒太太听起来突然勃然大怒，"这和你有什么关系，理查德·艾劳维德？你给了她什么东西吗？是毒品还是致幻剂？"

"不要让她离开你的视线，泰勒太太。我要挂了。"

我听到了头顶的云层传来隆隆声,同时感觉到雨滴开始落下。
"全速前进。"我回到车里说。

大雨倾盆而下,丰田汽车的风挡玻璃雨刷来回摆动。在一层薄薄的水膜之下,道路似乎正在我们面前蜿蜒前行,我能约莫辨认出标示我们即将驶入巴兰坦的标志。周围一片漆黑,雨水猛烈地打在车顶上,我不得不大喊着指路。油量提示灯已经开始闪烁。我们成功了,但我希望还有足够的汽油来满足我其他的需求。图书馆的另一边,大街上空无一人,只有雨水泛滥。

"到了。"当我们刚驶过目的地,我说道,前方也没有了路灯。我们停好车,下车往前走。雨正逐渐变小,也许天空中的水终于用完了。那些树像一堵寂静的黑墙一样矗立在我们面前。

"如果它不会燃烧呢?"瓦妮莎说,"所有的东西都湿透了。"

"它会燃烧的。"我说。也许是因为我的说话方式,瓦妮莎和维克托都走开了。

我打开后备厢,拿出油壶和软管,我把软管插进油箱,开始吸。当带着咸味的汽油进入口腔,我就把它吐出来,并把软管的末端放进了油壶。汽油断断续续地流了一会儿,然后停了下来。我摇了摇。不多,最多一升,但也许足够了。我拿出赖斯先生给我的火柴盒,外面包上一个塑料袋,然后塞进我的裤兜里。接着,我们开始步行。

现在雨已经完全停下了,但天色太黑,我看不太清。幸运的是,路上的砾石颜色很浅,所以我们还算有个目标。

现在这里的一切都不一样了。就像电影即将开始前的电影院里一样:周遭漆黑一片,从树上滴落的水声听起来像是满怀期待的低语,仿佛糖果包装纸的沙沙声,咀嚼声,亲吻的声音,压抑的尖叫声。

就在这时，我突然想到，我要约她去看电影。这就是我要做的——如果一切顺利的话。我协调好脚步和油壶的摆动，试着专注于这个想法。很明显，她会拒绝，但我现在不需要考虑这个。因为这次不会很顺利。不可能顺利。我差点笑出声来。因为不管看起来多么绝望，我还是要努力。我的意思是，除此之外我还能做什么？

就在这时——就像电影开始时一样——云幕拉开，天空出现了亮光。

"哇。"瓦妮莎说。

维克托什么也没说，但他的嘴比平时张得更大了。

映入眼帘的就是沐浴在月光下的那栋房子。

屋脊上的魔鬼犄角，穿过屋顶的橡树，映着月光的黑色百叶窗。

夜之屋。

我走到带着字母B.A.的大门前，用运动鞋鞋底踢了一脚，最后，伴随着一声尖叫，门开了。

"走吧。"我说。

20

瓦妮莎、维克托和我排成一列向房子走去，我一直警惕地盯着魔鬼犄角下方的大窗户。窗户漆黑一片，看不到人脸。

当我们到达前门时，我听到瓦妮莎和维克托在我身后停下了脚步。我转过身去。

"我们不和你一起进去了。"瓦妮莎轻声说。

"什么？你们说想进来看看有没有值得偷的东西。"

"我们改变主意了。"她说。

眼下没有时间讨论这个，从他们脸上坚定的表情可以看出，尝试没有任何意义。于是我抓住门把手，使劲一拉。门猛地打开了，一股难以辨识的腐烂和带着死亡气息的潮湿恶臭扑面而来。

"等等，"瓦妮莎低声说，"车钥匙。"

我又转向他们。维克托拔出了刀子。

"马上拿出来。"他说。

"以防你再也出不来了。"瓦妮莎带着含有抱歉意味的微笑说。

我把手伸入口袋，把车钥匙给了她。话说回来，他们开着一辆没有汽油的车也走不了多远。

于是我一个人走进了房子。

月光从大窗户照进来，大厅沐浴在一片神奇的、几乎是虚幻的光线中。打开的门激起一阵风，干树叶在地板上滑动。身后突然传来一声巨响——门关上了。

我屏住呼吸听，想看看关门声是否吵醒了某个人，但只能听到和以前一样的滴水声，以及一阵吱吱声，好像有人在地板上走动，不过这声音是从地板下面传出的。我低头往下看。可能只是我的想象，但在某些地方，地板看起来好像在移动。我抬起头环顾四周。自上次以来似乎什么都没变。除了蝙蝠睡觉的房间的门。我不记得我们离开前把它关上了，但现在它无疑已经关上了。

我走到损毁的三角钢琴和那堆家具前，拧开油壶的盖子，把一半的汽油倒在了上面，并把剩余的一半倒在地板上。然后我拿出火柴。当我点燃一根火柴时，我听到了一声深深的叹息，就像把脚从沼泽地里拔出时的声音一样。我迅速环顾四周。随后，我扔下火柴，片刻之后火就烧起来了。我着迷地注视着大火蔓延到整个地板，逐渐吞噬墙纸。

钢琴上传来类似手枪射击的声音，接着是一个高音。随后又是一声枪响和一个略低的音符，我意识到钢琴的琴弦断裂了。当火烧到那幅被损毁的画的画布上时，一团高高的火焰腾空而起。刚开始，热量使它卷曲又变直。仿佛大火烧光了油画上的泥土、湿气和蜘蛛网，以及时间和忽视的痕迹，然后出现了一幅肖像。一个男人穿着我在图书馆的一本书中看到过的那种衣服，那是一本关于哈姆雷特的书，所以这幅画可能有几百年的历史了。但令人无法理解的是，我见过那张脸两次。一次在这所房子的窗户上，一次在罗里姆惩教所里的照片上。但另一方面，这显然与费赫塔·赖斯说的一种只能被火摧毁的不朽生物相吻合。油漆融化并开始流动，那张脸死灰复燃并愤怒地做着鬼脸，我浑身颤抖起来。接着，那个人便被火焰吞噬了。

砰的一声，声音不大。这次不是从三角钢琴上发出，而是从楼梯那边传来的。我看到一个像蛇一样的东西从两块地板之间爬出来。又是砰的一声,这次离我更近了,另一根树枝蜷缩穿透地板,扭动着进入月光中,仿佛在盲目地寻找着什么。我不需要走近去看就知道那是什么。我也不想靠近。是树根。

就在这时,我听到画廊的一扇门后面传来一声尖叫。可能是一只动物,也可能是一个人。无论是哪个,都是那种既贯穿你的骨髓,又能透彻你的心扉的尖叫。那种包含一切的尖叫。绝望。恐惧。愤怒。孤独。尖叫声停止后许久,余音一直在空气中回荡。一扇门滑开了。我听到了另一个声音。那是低沉的爆裂声,就像有人脱下了一件坚硬的外套。一件很大的外套。火焰顺着壁纸爬到了天花板,在火光的照耀下,我看到门廊里有一个硕大的物体在动。一个又大又薄又坚韧的翅膀。

简而言之:是时候离开这里了。

"快跑!"我跑下房子前面的台阶。

维克托和瓦妮莎站在那里,好像僵住了,盯着我身后的东西。

"快跑!"我重复了一遍,同时转过身去,看看他们在盯着什么。

树根。它们正沿着房子的正面从地下爬出来,在地面上朝双胞胎的脚爬去,纤细而摇摆不定,就像蜗牛的触角一样。但再往回看,树根跟蟒蛇一样粗。

"它们是来抓你们的!"我吼道,"它们想吃了你们当晚餐!"

最后,他们似乎回过神了,转过身开始跟着我跑。我已经能听到房子里传来的燃烧声,但没有回头,我只是尽力快跑。快到大门时,我看到它在移动。一定是风吹的。我感觉不到风,但那一定是风!随着一声低沉的哀号,熟铁大门缓慢地关闭,我刚到门口就咔嗒一声关上了。我踢了一脚支柱,但这次大门没有打开。我转过身,看到双胞胎正向我跑来。如果换个不同的境况,我会认为他们一瘸一拐、步履蹒跚努力奔跑的样子很有趣,而眼下他们则是在设法避开后面爬来的树根。我抓住门把手,想把门推倒,然后用另一只手抓住其中一根栏杆,用力一推。

我像被大锤击中了肩胛骨之间的背部一样。

这是一种我从未感受过的疼痛,从头顶一直延伸到脚趾,它在我体内,蔓延全身,无处不在。触电。伏特、瓦特、安培,无论是什么,都在我的身体里跳动,但我甚至无法叫喊,因为我的下巴被紧紧地锁住了。我全身的肌肉都绷紧了,无法松开门把手。恰恰相反,我感觉自己抓得越来越紧了,仿佛试图从黑色熟铁中挤出果汁。

"快开门!"维克托在我身后喊道。

"快点,它来了!"瓦妮莎哭喊道。

"这个白痴一动不动,只是站在那里发抖。"维克托说。

"那就让他闪开!"

尽管疼痛难忍,但我还能听、能够思考,但我无法开口提醒他们。我感觉到维克托的手抓住了我的肩膀,我听到了一声呻吟,然后是瓦妮莎的尖叫声。我设法转头去看他们。就像我说的,在不同的境遇下,我相信我会笑出声来。现在我们三个人都成为同一个电路的一部分了,由三个无声的布娃娃组成的摇晃、跳动的链条。我们现在变成电影了,被月亮和火焰照亮,火焰穿透屋顶,将松散的云层染成了黄色。这是一部恐怖电影,树根越来越近,呼啸声在镜林内此起彼伏,听上去就像一个狼人正在对月亮发痴。

我感到维克托在拉我的肩膀,好像想挣脱出去。但后来我意识到有人在拉他。我肩膀上的手松开了,但依然抓着我的衬衫。衬衫被扯掉时，我感觉到它被撕裂了，并听到了他们的尖叫声。事实上，他们能够尖叫一定意味着他们已经挣脱了电路。我再次转过头，看到双胞胎正被拖在地面上，朝着着火的房子而去。纤细的树根缠绕在他们的腿上，他们双脚乱踢，试图抓住地上的砾石，就像被绳索套住而绝望挣扎的牛一样。等待他们的是什么？是会像汤姆一样被吃掉，还是会像小胖和他的蝉一样消失不见？抑或被火焰吞噬？我不知道那跟我的处境相比，是更好还是更坏：我在这里遭受着电刑，直至大脑和心脏双双爆炸——我能感觉到这正在开始发生。但我也能感觉到其他东西。我眼睛往下看。一根苍白的裸根缠绕在了我的一条腿上。然后又来一根，盘绕着我的脚踝，一圈、两圈、三圈，然后收紧并开始拉扯。一开始较为轻柔，随后逐渐用力。然后非常用力。我的鞋子在砾石上向后滑动，身体和头向前倾倒。我双臂外伸，握住栏杆的手向下滑动，直到被栏杆上的字母B.A.挡住。即使我的双手都紧紧地握着，对此也无能为力。

树根拉伸着我，仿佛我是橡胶做的。我的后背在尖叫，头痛欲裂，肩膀感觉要从关节窝里脱出来了。除此之外，听起来狼人离得越来越近了。

我的双脚离开了地面，就在这时，好像有人拨动了我体内的一个开关。保险丝盒。我不再接地了。因为不再接触地面，电流也不再流经我的身体。

在那短暂的瞬间，我感到如释重负。

直到我意识到这意味着我的肌肉不再僵硬了。

片刻之后，我牢牢抓住大门的手就松开了。我的脸撞在地上，被向后拖去。

我的嘴里满是泥土和砂砾。我被翻过身去，面朝上，我向前伸手试图扯掉一条腿上的树根。毫无作用,树根像老虎钳一样紧紧地抓住我。

有什么东西在我前面的地上闪闪发光,当我被拖着经过它时,我看到那是维克托的刀。我伸手去捡,但为时已晚,只有一根手指碰到了带血的刀刃。刀身此前没有沾过血,我意识到,他一定是在试图割断树根时割伤了自己。

我听不到维克托和瓦妮莎的尖叫声了,逐渐接近的狼人的号叫声也停止了。

但我能听到火焰的声音。噼里啪啦的声音变成了咆哮,而且越来越近。我闭上眼睛,已经能感觉到我正逐渐接近地狱的热量了。我意识到人们说的话是真的,当你知道自己快要死去的时候,你的一生真的会在眼前浮现。显然,这是一场短暂得令人失望的表演,而我甚至不是其中的主角。事实上,我是排在伊姆·乔纳森之后的第二大反派,一个没有人会错过的反面人物。没有人会知道,无论如何,理查德·艾劳维德最终真的在试图拯救一个人,真的为了卡伦·泰勒而冒生命危险。即使我是唯一知道这一点的人,但知道自己已经尽力了,还是会感到一种奇怪的安慰。当我被拖向死亡时,重复这句话给了我一丝安慰:"我,不,是,垃,圾,我,不,是……"

有什么东西在空中一闪而过,接着我听到了低沉的扑通声。

"还有另一只脚!"一个熟悉的声音说,"快,它们马上要回来了,到处都是!"

"我知道!"另一个更为熟悉的声音说。

我睁开了眼睛。在黄色的月光和火光中,我看到巨大的斧头刃在我头顶上升起,然后看到一个从头到脚都穿着鲜红色衣服的人朝我挥舞斧头。又一次挥舞,又一次扑通声。我脚下的地面静止不动了。更确切地说，很明显是我停止移动了。红衣人把斧头扔到一边，弯下腰来。我抬头看着他红色消防头盔下的脸庞。

"嘿，爸爸。"我说。

弗兰克惊讶地看着我。

"你能站起来吗？"

我试了试，然后摇了摇头。

"我们需要离开这里！"我们身后的声音叫道。

"准备好搭消防员的车了吗？"弗兰克搂着我问道。

"准备好了。"我说。

弗兰克把我从地上抱起来，把我扛到肩上，然后开始朝大门跑去。我抬起头，看到戴尔探员正跟在我们后面跑。在他身后，我看到房子的大窗户被塞满了。它又黑又大，翅膀有船帆那么大。在一片黑色中间，闪烁着白色的食人鱼似的牙齿。接着，伴随着一声闷响，那个生物突然全身起火。然后它叫了一声。最后一次尖叫，一声不属于这个世界的尖叫。

我看到戴尔探员一边跑一边不断地向后转身，再次转过身时，他的脸像床单一样苍白。

当我们到达围栏时，我看到了停在外面的消防车。它仍然亮着蓝色的灯，此刻我明白狼人的号叫是哪里来的了。弗兰克把我放到从围栏上方伸过来的消防梯上，当我爬到另一侧时，有更多的消防员来迎接我。他们拍了拍我的肩膀，好像是我救了人一样，给了我一条毯子，然后把我扶上消防车的后座。不久之后，弗兰克和戴尔探员也进来了。

"你们不打算把火扑灭吗？"我问道。

"现在可能已经太迟了，"弗兰克说，"幸运的是，周围的森林非常潮湿，我们也不必处理森林火灾。"

我朝夜之屋望去。现在那里已被大火完全吞噬，连那棵橡树都在燃烧。

"可那对双胞胎，"我说，"他们被拖进去了……"

"对他们来说可能也太晚了。"戴尔探员一边把手插进头发里，一边摇着头说。

他的所作所为让我觉得他现在相信了我。不仅仅是那对双胞胎的遭遇，还有汤姆和杰克。

"我觉得伊姆·乔纳森完了。"我说。

戴尔探员慢慢地点了点头："我也这么认为，理查德。"

我们头顶轰隆一声巨响，云层从它面前掠过，月亮消失了。演出结束了。很快，大雨又下起来了。

21

天还在下雨,戴尔探员和我坐进他的绿色庞蒂亚克,从镜林驶向泰勒家。戴尔探员告诉了我追捕的情况,以及他是如何独自一人开着蓝色警灯和警笛,从垃圾场一直开到巴兰坦的,他以为巴兰坦是我的最终目的地。到了巴兰坦,他坐在警察局等着,直到听到消防塔内的人大喊,说看到镜林着火了。当戴尔探员听说是那座老房子着火了,他便跳上车跟上了消防车。

之后轮到我讲我的故事了。

这次,我把一切都告诉了他。

从汤姆和我走进森林时我说服他打了一个恶作剧电话开始。我还说到了杰克是如何在我的取笑声中变成一只昆虫,以及我是如何被吓得试图踩扁他的。还有关于伊姆在罗里姆的墙上刻的文字,以及这些文字是如何让看了的人试图自杀的。还有电话里的说话声、我们的逃跑,以及房子开始燃烧时我在里面看到的情况。

戴尔探员一直听着,没有打断我,只是在他不确定自己是否理解对了的地方问了一些简短的问题。

"真是个神奇的故事。"我讲完后,他说道。

"我知道。太难以置信了,感觉不像真的,对吧?"

"是的,"戴尔严肃地说,"如果今晚没有亲眼所见,我也不会相信你。现在的问题是,总部没有人会相信我。"

我们把车停在泰勒家的房子前面。我看到顶层卡伦房间的窗户上亮着一盏灯。

"看起来警长也来了。"戴尔探员朝停在谷仓前的一辆车点点头说。

就在这时,麦克莱兰从农舍夺门而出,紧跟着的是卡伦的父亲。

戴尔探员打开车门,开始下车。

"嘿,柯南,怎么了?"

"是这家的女儿,"麦克莱兰说,"她逃走了。"

"逃走了?"

"我们把她锁在了房间里,"父亲指着她的窗户说,"她一定是从窗户跳了出来。"

"从那里?"戴尔探员说,"那可……非常高。"

"地面被雨水湿透了,所以她显然伤得不重。"麦克莱兰说,"不管怎样,她设法逃离了这里,她的父母说他们四处找过了。我们召集了一支搜查队,现在正在警察局。"

"理查德和我跟你们一起去。"戴尔探员说。

"不!"前门传来了颤抖、哽咽的喊叫声。是泰勒太太。"理查德·艾劳维德不能靠近我们的卡伦。在他来之前,巴兰坦从来没有发生过什么坏事。让他离开!他……他……"

我实际上没有听到她说我什么,因为我转向戴尔探员,说我们应该开车去图书馆。我说我们需要消防车的帮助,戴尔探员用无线电联系了他们。他们回答说,雨水已经浇灭了房子残骸上的火,所以他们可以立即出发。

"为什么来这里?"当我们在黑暗的图书馆外停下时,戴尔探员问道。

"因为仅仅找到卡伦是不够的,"我说,"我们还要消除对她的控制，否则她将继续设法伤害自己。"

"你是说她被操控了，就像那些被关在伊姆在墙上写字的房间里的年轻人一样？"

"它被称为'黑字魔法'。这里有书。但如果我们幸运的话，这里不仅仅有关于黑字魔法中的毒药的书，还有关于解药的书。"

"那是？"

"白字魔法。"

就在这时，消防车停在了我们旁边。弗兰克挥舞着消防斧跳了出来，跟我和戴尔探员一起跑到了正门前，而另外两名消防员则从消防车后面取下消防梯。弗兰克举起斧头，然后再次放下。

"这扇门挺漂亮，"他说，"你真的认为有这么紧急，不能等到齐默尔太太来为我们开门吗？"

"对！"我喊道。

弗兰克叹了一口气，举起斧头正要挥动，这时门开了。

"不！"齐默尔太太喊道，然后大声地打了个喷嚏。

我僵住了，并大叫一声，好像我才是那个差一点被切成两半的人。

"弗兰克·艾劳维德，"齐默尔太太凝视着停在离她那满头白发的小脑袋几厘米远的斧头说道，"这是怎么回事？"

"这个，"弗兰克紧紧地抓着斧头说，"是一把普拉斯基斧头，最好的消防斧。但你为什么不在家睡觉呢，齐默尔太太？"

"警笛响个不停，"她说，"在这样的天气里，会着火的不是森林，而是建筑物。没有什么比书更容易着火了，所以我担心这里会遭殃。"

"火已经被扑灭了，"弗兰克说，"你可以让我们进去吗？"

"我不太确定，"她看着刚刚出现的两名消防员说，他们抬着一架长梯子，"你们想要什么？"

"来借点书，"戴尔探员一边说，一边把手伸进夹克，拿出装着金质星章的皮夹，"以法律的名义。"

齐默尔太太不情愿地打开了门。

"这里。"我们进去后，我指着墙壁上方说，在那里，书架消失在齐默尔太太打开的灯上方的黑暗中。

"你们真的要上去吗？"齐默尔太太问道，她站在那里，双臂交叉放在脏兮兮的绿色连衣裙上。

"为什么不呢？"戴尔探员问道。

"因为……"她的嘴扭曲成一个鬼脸，"因为最近不安全。"

"什么意思？"

"那个叫泰勒的女孩几天前带着钓竿来到这里，询问有关钓鳟鱼的书籍。我有一种感觉：她早就想到我必须去图书馆的另一头去找书。因为当我回来的时候，她和我的一本书都不见了。"

"哪本书？"我问道。齐默尔太太紧闭着薄薄的嘴唇，我回答了自己的问题："关于黑字魔法的书。"

"从那之后，这里就变得……令人不安，"齐默尔太太不寒而栗地说，"到处是沙沙声和噪声，书籍四处移动，尽管这里没有一个活人，书却自己掉到地板上。就好像有人在寻找失踪的东西。"

"这才是你来这里的原因，"戴尔探员说，"不是因为警笛声。你日夜都在这里，甚至睡在这里。"

齐默尔太太嘟哝了一声。"我的办公室里有一张沙发。我撒谎是因为我不想让你们认为我疯了。但这是我的图书馆，我在这里工作了一辈子，从来没有丢过一本书，也没有书放错过地方。"

"比如一本关于黑字魔法的书。"我说。

"它以前就在那里。"齐默尔太太说。

弗兰克打开手电筒,对准她指的地方。果然,那一排书有一个缺口。我的心一沉。

"不见了。"戴尔探员叹了口气。

"被偷走了。"齐默尔太太纠正道。

"那我们就不需要梯子了。"弗兰克对他手下的人说,后者转过身,开始往外走。

"等一下,"我说,"缺口右边的那本白皮书是什么?"

"这不是显而易见吗?"齐默尔太太说,"那是关于文字魔法的第二卷,关于白字魔法的那卷。"

我看着弗兰克,点了点头。

"伙计们!"他喊道,"我们还是需要梯子的。"

戴尔探员和我坐在阅览室里,在拱形阅读灯的灯光下翻阅《文字魔法简编,第二卷:白字魔法》。

弗兰克和其他消防员已经离开,加入了对卡伦的搜寻,齐默尔太太也去她的办公室为我们泡茶了。

书页很薄,文字很小,这对我们的眼睛是个考验。

它解释了如何解除当地和国际范围的诅咒,并提供了通用和特定的咒语,也就是扭转诅咒的方法,来把变成青蛙的人变回去。有关于如何让风暴消失、清除疥疮、清除交通堵塞的,但没有我要寻找的内容。

我的头开始疼了,于是,我揉着太阳穴,眼睛则顺着书页往下看,寻找IMU这三个字母。我翻过一页,看了看页码:12。才十二页，我们花了二十分钟。还有八百一十一页。我呻吟着把书推开。

"你什么都没找到？"戴尔探员问道。

"如果要看完整本书，我们得一直待到天亮，"我说，"而我们没有那么多时间。在我看来……"我咽了下口水。我没有说完这句话，但可以看出戴尔探员明白了：已经太迟了。

我呻吟着，把头撞在打开的书上。

他拍了拍我的后背。"振作起来，理查德，不管怎样，我们还是试一试吧。毕竟……"他也没说完那句话，但我明白了：这是我们唯一能做的。

他说得对，我只是觉得非常非常疲惫。

"索引。"

我闻到了茶的味道，抬眼一看，齐默尔太太把一个热气腾腾的杯子放在了我脑袋旁边的桌子上。

"什么？"我说。

"索引，"她重复道，"如果你想找东西，可以看看索引。应该都在那里，按字母顺序排列。"她转向戴尔探员，"我喜欢事物按字母顺序排列。"

我坐起来，把书翻到末尾。果然有一个索引。我开始翻阅，找到了字母I开头的条目，然后用手指顺着书页往下看。

伊卡洛斯之翼，想象的经历，非物质世界，外来文字魔法①以及……伊姆（IMU）。或者，更准确地说：

---

① 伊卡洛斯（Icarus）、想象的（imaginary）、非物质（immaterial）、外来的（imported）这几个单词的首字母都是I。——编者注

伊姆……p.214，p.510。

我翻到第二百一十四页，找到那个单词。

IMU是黑字魔法中的一种咒语，能使被施咒者相信自己与施咒者完全相同。取自I AM YOU。一个被IMU诅咒的人会像一个没有大脑的机器人一样，试图躲在一个只有他或她知道的地方，在那里通过表演一些让他或她跟施咒者很像的东西来确认"我是你"（I AM YOU）。后者通常是由施咒者预先编制好的。

结束了。我翻到第五百一十页，并开始搜索。找到了！

IME是IMU的反咒语，参见：反转咒语。反咒语只能在施咒者和被施咒者为同一个人的情况下使用。被施咒者需说出IME——也就是I AM ME——这个词，I AM YOU咒语才能被解除。

我注意到戴尔探员正站在我身后，他也在看。"谢谢你的茶，齐默尔太太。"我站起来说。

我们上车后，戴尔探员拿起固定在仪表板上的警用广播的麦克风。

"我是戴尔探员。有卡伦·泰勒的消息吗？完毕。"

广播一阵嘈杂，然后麦克莱兰的声音响起："目前一无所获。有人说看到了她朝学校跑去，但学校被锁起来了，我们什么也没找到。我们现在正挨家挨户地找。"

"你们找过小奥斯卡吗?"我问道。

"我们刚去过那里,"麦克莱兰说,"他没有见过她,也不知道她可能在哪里。"

"一有消息就告诉我们。"戴尔探员说。

"好的。"

"谢谢。我挂了。"

戴尔探员把麦克风挂回原位。我茫然地看着窗外。雨又停了,好像有人在玩水龙头,把水龙头关了又开,开了又关。

"也许她躲在某个地下室里,"戴尔说,"一个只有她知道的地方。"

我努力思考那可能是哪里。一个漆黑的地下室,或者……

当我凝视着无声的警用广播时,月亮突然决定再次照耀我们。这也许就像饥饿难耐地站在炖锅旁时,你越是盯着锅看,锅越是不沸腾。于是,我抬头看向头顶的天空。云层散开了,星星正从残破的云层之间向外窥视。

地下室。客厅。或者阁楼。或……

其中一朵云很像楚巴卡,那个身上全是毛的男人……不,不是人,是伍基人。

"我知道了!"我喊道。

戴尔探员被吓了一跳。

"你知道什么了?"

"我知道她在哪里!快走,直走!"我抓起车门扶手凹槽里面的蓝色警灯,探出窗外,把它按在车顶上。

22

我用力拉学校的大门。

"锁上了。"我说着把脸贴在门旁边的磨砂玻璃上。里面漆黑一片，没什么动静。

"你让开，让我来。"戴尔探员说。

他用手向后拨开夹克，拔出手枪。我捂住耳朵。他把手枪转过来，抓住枪管，用枪托打碎了玻璃。然后他把手伸进去，打开了门。

"我以为你会……"我说道。

"我知道你的想法，"他说，"那只会发生在电影里。"

我们跑步穿过走廊，跑上楼梯。

到达通往屋顶的门时，我已经在大口地喘着粗气。我小心地握住门把手，向下按压。这里没有玻璃，没办法打碎。

"或者开个枪？"

戴尔叹了一口气，再次拨开夹克，但他拿出的东西比手枪小得多，只有回形针那么大。

"让开。"

他把回形针的一端伸进锁孔，开始转动。他全神贯注，舌尖从嘴角伸了出来。

"只发生在电影里，对吧？"我低声说。

"只发生在电影里。"

锁轻轻地响了一声，他小心地推开门。我们屏住了呼吸。只听到一个女孩低沉的喃喃自语。

"在这儿等着。"我轻声说。

我把门完全推开,跨过高高的门槛,走到平顶上。仅剩的残云掠过天空,头顶上,星星像黑色毛毡上的珠宝一样闪闪发光。真是一个美丽的夜晚。卡伦也很美丽,即使湿头发粘在头上,睡衣上也沾满了泥。她站在隆起的、包裹了铁皮的屋檐上,面向我,背对下面的校园。她似乎没有意识到我的出现,闭着眼睛,脸朝天空,好像在晒日光浴,但她的嘴唇在动。我慢慢地向她走去,等我走近了些,就听到她在重复:

"我是你,我是你,我是……"

我润了润嘴唇,开始轻声说:"我是我,我是我,我是我……"

当我离她还有三米远的时候,卡伦突然睁开了眼睛,就像一个刚刚启动的机器人。我停了下来,以免吓到她,以防她后退一步摔下去。她凝视着我。看得出来这是卡伦,但并不是我认识的那个女孩。或者更确切地说,她藏在那茫然的凝视后面,但她并不是一个人。

"嘿,卡伦,"我说,"是我,理查德。"

"理查德,"她重复道,听起来不知道该说什么,"你想看我飞吗?"

"不,"我说,"你不会飞。跟我重复一遍,我是我。"

"我是……"卡伦说。然后她停了下来。她咬紧牙关,脸上带着绝望的表情盯着我,下巴肌肉绷紧。我看到她的嘴形成了"我"的形状,但好像有一只看不见的手把它扭曲成了"你"。我走近了一小步,但她相应地向后退了一小步,比之前更靠近屋顶的边缘了,于是我立刻停了下来。直到此时我才注意到她光着脚,脚上的泥和血让她看起来像穿了鞋。

"我是我。"我重复道。

她点点头,好像明白了。她的身体在发抖,仿佛全身肌肉都在收紧。

"加油,"我轻声说,"加油,卡伦,你可以的。"

"我是……"她说道,脖子上青筋暴起,接着却唱道,"你……"

"他已经死了!"我喊道,"他被烧死了,不存在了!"

但这并没有起到什么作用,他就像寄生虫一样藏在她体内,我可以看到她脸上的绝望,泪水从她的眼睛里涌出,开始滴下来,我意识到她根本做不到。她又退了一步,血迹斑斑的脚后跟现在已经伸到了屋檐外面。

"卡伦,"我说,"我不想失去你。你听到了吗?"

她用悲伤的眼神看着我,好像在请求我允许她做她要做的事。我眨了眨眼睛,流下两滴眼泪,然后轻声说出了我读过、听过,但从未说过,当然也从未相信过的三个字。直到此刻,我才缓慢、清晰、大声地说出:

"我爱你。"

这是一句告别。这将是她听到的最后一句话。但她还没有摔下去。她的脸上出现了异样,好像有什么东西被打破了。她难以置信地看着我。

"我,"她向我探身过来,"是……我……"

仿佛听到有人小声说"嘘!",但我立刻意识到这是她流血的脚在屋顶边缘的铁皮上打滑的声音。我向前迈了半步,眼睁睁看着卡伦被黑暗吞噬了。

她一声不响地摔了下去。

我僵硬地凝视着前方。

她落到校园里时，我只听到了轻柔的撞击声。

我有一种奇怪的感觉，仿佛自己以前来过这里、经历过这一刻。我看到了月亮，它大而苍白，挂在东边的树梢上。我听到戴尔探员走到了我身后的屋顶上。我们一起走到屋顶边缘，俯身向下看向校园。我可以看到停在那里的消防车发出的蓝光。我看到了一块又大又圆的消防帆布，由六个人举着，包括弗兰克。在帆布中间——帆布似乎还在摇晃——我看到卡伦仰面躺着，抬头望着天空。也许她在寻找云朵，也许她在寻找星星。但我认为——现在仍然这么认为——她是在找我。

23

　　我获准进入卡伦的病房时,护士说我只有五分钟的时间。她解释说病人需要休息。

　　当时是下午,大火燃起和卡伦从学校大楼上摔下来已经过去了将近二十四小时。

　　"多漂亮的花啊。"当我把花束放在床头柜上时,她说道。我注意到这束花比她收到的其他花束小得多。

　　"我听说是你救了我。"她说。

　　"不,是那些拿着消防帆布的人救了你。"我说。

　　"但他们说是你让他们站在那里的。"

　　"也许吧。"

　　"也许吧?是还是不是?"

　　我只是笑了笑。

　　"快告诉我,你这个浑蛋!"卡伦在床上坐了起来。看得出来她已经开始恢复从前的自己了。"你看,我什么都不记得了。"

　　"我听说罗里姆曾经有人有过同样的……嗯……症状,然后从屋顶上跳了下去,所以我想你也可能也会这么做。"

　　"但我不明白的是,你怎么知道我会在学校的屋顶上。"

　　"关于白字魔法的书上说,你会躲在一个只有你知道的地方。"

　　"只有我。"她笑着说,"和你。"

　　我们都陷入了沉默,望向敞开的窗户。窗外传来蟋蟀的鸣叫声,蜜蜂的嗡嗡声,还有百灵鸟的歌声。

"你一定要回罗里姆?"她问道。

"不,"我说,"戴尔探员已经和罗里姆的校长、麦克莱兰以及这里的班主任谈过了。我周一就回学校上学。"

"太棒了!"

我们又不作声了。毫无疑问,卡伦绝对是你沉默不语时最好的陪伴者,我只希望这五分钟能永远持续下去。

"对了,你知道那场大火后来怎么样了吗?"她问道。

"那所房子几乎被烧毁了,但没有完全烧毁。因为下雨了。"我说。

"但愿里面没有人吧。"

"希望如此。"我说。戴尔探员说他们在现场没有发现任何遗体,并要求我对双胞胎的下落保守秘密,直到他们查到更多的线索。如他所说,他们想避免给巴兰坦的人民带来任何不必要的恐惧。那棵橡树也被大火烧死了,戴尔探员说他们想挖出树根,看看能找到什么。

"你真的什么都不记得了吗?"我问道,"比如,我在屋顶上对你说的那些话,一句都不记得了吗?"

"比如什么?"卡伦天真地笑了笑。

"没什么。"我说。

"我什么都不记得了。"她说着拿起我送的花束闻了闻,"但我……我想我是梦到了什么。"

"比如呢?"

"没什么。"她说。很难看出她在花束后面是否在微笑。

我深吸一口气。机不可失,时不再来。"你出院以后……"我不得不停下来，又深吸一口气。

"什么？"卡伦说。

"你愿意和我一起去看电影吗？"

"看电影？"

"有一部翻拍自《活死人之夜》的电影，一周后将在休姆的电影院放映。弗兰克会教我开车。"

"嗯。你认为它会和原片一样好吗？"

"不会。"

她大笑一声。"但也许会更恐怖。"

"也许吧。如果太恐怖的话，我可以握住你的手。"

她若有所思地看着我。"可以吗？"

"对。"

"如果必须握手的话，你能展示一下你会怎么做吗？"

"握住你的手？"

"对。"

"现在？"

"现在。"她说。

PART TWO

第二部

24

我把手机拿远一些,离我一臂远,并尽力眯起眼睛,才看清屏幕上的文字。

就像你忘记戴老花镜的时候做的那样。

我放弃了,按照机上的广播要求关掉了手机。不过这并不是说我需要再看一遍她的短信,因为我已经烂熟于心了。

嘿,理查德。真棒,我听说你也报名了!很高兴能再次见到你,了解过去几年发生的事情。很明显,我身上发生了很多事情!拥抱你,卡伦。

飞机冲破云层,我从靠窗的商务舱座位上俯瞰下方变成红色的平坦森林。这让我想起了午休时我和卡伦站在学校屋顶上眺望巴兰坦的感觉。从那时起,已经十五年过去了。她现在是什么模样?当我收到毕业班同学聚会的邀请时,我脑海里的第一个想法就是这个。很明显,我本可以在社交媒体上找到答案,但我没有这么做。为什么不?因为我不想看到她、奥斯卡和几个可爱孩子的幸福家庭照片?或是因为我可以允许自己在情不自禁时去想她,但是在电脑上敲出她的名字,就成了我始终忘不了卡伦·泰勒的铁证了?好吧,我此刻正在一架从那座大城市起飞的飞机上,这本身就足以证明了。无可否认,我之所以接受邀请还有其他一些原因。比如去看看所有激发我写出这部改变了我人生的青少年恐怖小说《夜之屋》的地方,这部小说最近将被拍成电影。比如去见见弗兰克和珍妮,他们经常来城里看望我。当然,还有复仇。当奥斯卡和其他人向著名儿童作家理查德·汉森问好时,我想看看他们眼中的尊重和嫉妒。我真的就是这么肤浅。但也许这次旅行真的能帮助我成长一点。这是我回去的最重要的原因,仅次于去见卡伦。我想道歉,为自己曾经是一个恃强凌弱的人,为践踏过班上排名比我更低的人而道歉。

机长宣布我们很快将在休姆机场降落,我系上了安全带。飞行的最后一段很颠簸,但我们很幸运——根据天气预报,当天晚些时候会有风雨交加的雷暴。

穿过到达大厅的途中,我去一个售货亭外的书摊上看了一下,这已经成为一种习惯。我没有看到我的书,便迅速环顾四周,并转动书架。找到了。"夜之屋"(The Night House)几个字是锯齿状的绿色字体,这是为了向漫画书《沼泽怪物》致敬。封面插图也采用了同样的卡通风格,呈现了一个吓坏了的男孩试图从一个电话听筒中挣脱出来,听筒已经把他的手臂吞到了肘部。我拿出一支笔,打开书的第一页,读了第一行。

"你……你……你……你疯了。"汤姆说,看得出来他很害怕,因为他比平时多结巴了一次。

然后我在书上签了名,把它放回书架上。

当出租车停在房子前时,弗兰克正微笑着站在门口抽烟斗。付钱的时候,我听到他叫珍妮,我刚下车,珍妮就张开双臂站在石阶上了，而弗兰克仍然站在门口，好像需要有人来看着似的。我走进了珍妮深深的、柔软的怀抱，随后是弗兰克坚硬、短暂但更有力的拥抱。

我们去客厅坐了下来，弗兰克和珍妮坐在沙发上，我坐在他们对面最为突出的高背椅上。我们喝着茶，我问东问西，但他们说没有什么新鲜事，想听听我的消息。所以我就开始讲，主要讲他们喜欢听的那类事，比如书籍方面的最新成果，还有大城市里的生活。我和一位著名的电影导演共进晚餐，他想把《夜之屋》拍成电影。

"是哪个导演？"弗兰克问道。

我提到了他的几部电影，弗兰克咕哝着微笑点头，仿佛他看过一样，珍妮则向我翻了翻白眼。

"我昨天碰见了阿尔弗雷德，"她说，"他问你过得怎么样。"

"每个人都问你过得怎么样。"弗兰克高兴地补充道。

"是的，我们一直关注着你，"珍妮说，"你真的让巴兰坦出名了。"

我没有说：这可能有点言过其实了，你不必成为一个糟糕的作家也能出名，只需要上一次真人秀节目就能做到。但这个回应不太正经，而且我在许多次采访中都用过，在这里真的不太好用。

"大家能这么想，那就太好了。"我说，"但是我敢说，你可能希望你的邻居取得成功但不要太成功，在这里或在其他地方都一样。特别是如果那个邻居在学校里是个浑蛋的话。"

珍妮不解地看着我，然后又看了看弗兰克，后者耸了耸肩。他们可能没有意识到——或者不愿承认——他们眼中的金童和《夜之屋》中的那个浑蛋几乎一模一样。

"是的，好吧，"珍妮说，好像是要转移话题，"那你是不是也该遇到一个好女孩了？"

我抱歉地朝她笑了笑，把茶杯举到嘴边。

"他当然会遇到女孩，"弗兰克一边说，一边轻敲着烟斗，"毕竟，他是个名人。你不必满足于遇到的第一个女孩。"

珍妮在他的肩膀上拍了一巴掌："你是说不用像你一样？"

弗兰克笑了起来，一只手臂搂住了她："你知道，并不是每个人都能在第一次尝试时就夺金。"

我微笑着看着他们，放下杯子，看了看时间。我指了指时钟，表示我可能应该上楼换衣服了。

"是的，当然，你需要为聚会做好准备。"珍妮说。

"除非他要写作了，"弗兰克笑着说，"他总是在写作。"

"是的，你还记得吗？"珍妮眼睛湿润了，她一边说，一边把头歪到一侧，"即使是周六晚上，当我们坐在电视机前，吃着蛋糕、糖果和各种各样的好东西时，你也坐在房间里写作。我们过去认为电视上的内容可能有点奇怪，但我们不知道在你的想象中正发生着什么可怕的事情。"

"我想过这个问题，"弗兰克点头说道，仿佛已然同意了自己的结论，"你当时从大城市搬来，一定觉得很无聊。巴兰坦绝对没有什么有趣的事，所以你必须创造一个地方，在那里可以发生最不可思议的事情。吃人的电话和……"他停下来喘口气，看起来精疲力竭了。

"伸出树枝抓你的树，还有变成了蝉的可怜的杰克，"珍妮迅速补充道，"杰克现在对此怎么说？事实上，你也用了我们的名字。"

"是的，但没用我们的姓，"弗兰克说，似乎是为了证明他没有犯错，"你还让我——一个驾驶教练——当了消防队队长。我喜欢这个。"

"说到这里，有一件事我一直在想，"珍妮说，"艾劳维德。你是怎么想到这个姓的?"

我深吸一口气。时间到了,我一直期待着这一刻,我终于可以告诉他们了。

"理查德·艾劳维德(Richard Elauved),"我说,"也就是被爱的人是富有的(rich are the loved)。我取这个名字是为了你们。是你们收留了我,对我视如己出。你们胜过任何百万富翁,用爱让我变得富有。"

无论如何,我以为我是这么说的,但当我看到他们脸上期待的表情时,我意识到自己实际上并没有这么说。为什么这么难说出口?

"它就是突然出现在了我的脑海中。"我说,这并不完全是谎言。

我环顾客厅。壁炉旁边有一幅画,一只鸟在森林上空飞翔。我住在那里的这么多年间,它很可能一直挂在那里,我只是记不起来了。我不知道这些记忆中的空白是什么时候开始出现的。

我站了起来。

"晚饭半小时后就好,"珍妮说,"意大利千层面。"她向我眨眼,"如果想洗澡,床上有条毛巾。"

我谢过她,然后上楼去了。我在房间的门前停了一会儿,听着。既是听房间里幸福的寂静,也听厨房里令人欣慰的闲聊声。我为什么能向我不爱的人示爱,却不能向我真正爱的人表达爱呢?我不知道。我真的不知道。我遭受的伤害可能比我实际意识到的更深。

然后,我推开门。一切都没有改变,房间看起来就像理查德·汉森博物馆。抑或理查德·艾劳维德博物馆。无论我是谁,我的眼睛都会像往常一样自动地被吸引到窗户下面的地板上,看看是否有一个长着小胖的红眼睛的蝉在盯着我看。

25

当我走进教室时,已经是晚上七点十分了,外面夜幕已经降临。

我像走出了时光机。桌子边的人都转向我,鸟鸣小姐也是如此,她正手拿教鞭站在黑板前。他们与十五年前仅有的不同是,似乎有人在他们的脸上撒上了蜘蛛网,把一些男孩的发际线向后推移,并使他们的体重增加了几公斤。看起来有些眼镜更换了主人,可能是因为有些人觉得现在不用戴眼镜了,而另一些人则是因为做了激光眼科手术或戴了隐形眼镜。

"你总是迟到,理查德。"鸟鸣小姐故作严厉地说道。

全班同学都笑得很凶,说明他们有点兴奋过度了,但可能同学聚会就是这样。我一边环顾四周,一边愉快地表达歉意,说我在路上突然意识到把数学作业忘在家里了,所以不得不回去拿,然后我的自行车车胎又被扎破了。当然,这引发了更多的笑声。

他们面前都放着带着某种气泡的玻璃杯。我看到了很多熟悉的面孔,但也有一些已经完全忘记了。部分是因为我的选择性记忆,还有一部分是因为有些人可以在别人的人生中经过却不留下任何印象。不管怎样,我没看到自己要找的人。

卡伦。

直到我走到教室的后面。

我先看到了奥斯卡。他的体重增加了,但头发还在。他正咧着嘴笑,牙齿和之前一样白,并向我竖起了大拇指。

卡伦坐在他旁边的桌子旁。我不知道我一直在期待什么。事实上，我确实知道。我一直希望她能放纵自己。希望她失去灵气和魅力，失去那种不可抗拒的气场，这种气场很可能源自她知道自己是不可抗拒的，至少对某种类型的男孩来说是这样。我一直期待我能来到这里，弄清楚一切，知道我心目中的卡伦·泰勒不在了，被从基座上推倒了，并把她当作往日记忆怀念一下再一笑而过。期待自己可以在轻松的回忆中获得一点乐趣，然后自由自在地回家，从这个占用了我太多时间和精力、真的有点像噩梦的美梦中解脱出来。

但显然情况并非如此。

卡伦跟过去完全一样，只是女性的身体曲线更明显了一些。她旁若无人地对我微笑，并自信地示意她旁边的桌子没有人坐。我感到心在由衷的喜悦中跳动。该死。

我一坐下，她就向我探身过来。"浑蛋！"她边低声说，边把手放在了我的手臂上，"我都开始担心你不会来了！"

"旧习难改。"我轻声回应，然后端起面前倒满了的杯子，和她一起喝了一口。香槟的气泡直冲头顶，我想起来自己没有吃太多千层面，应该小心一点，以免自己醉得太快。

"后排的学生，集中注意力！"鸟鸣小姐善意地责骂道。很明显，她的名字不是我在书中所写的鸟鸣小姐，但我真的记不起她的真名了。

我的目光与奥斯卡温和而好奇的目光不期而遇，随后，他又看回我们的老师，她正在一一介绍我们毕业以来学校发生的变化。学校经历的多次翻修、新增的建筑、换了几次校长，还有学校的改革以及其他相当无聊的事情。

"下课"后，我们聚集在体育馆里，体育馆装饰得如同毕业舞会之夜。一个来自聚会委员会的女孩站在一张桌子旁。桌子上放着音响系统和气球,这再清楚不过地解释了当晚剩余时间的计划。我看到奥斯卡和卡伦在我前面。他搂着她的肩膀,现在她正把头倾向他的脖子。

"祝贺你取得成功,理查德。"一个声音轻声说道。我转过身来,看到一张不在我记忆中的脸,尽管他是一个非常英俊的男士。他肩膀宽阔,身材苗条。实际上,他让我想起了戴尔探员,就像我在书中设想的那样。

"谢谢。"我说着又仔细地看了他一眼,因为他的声音有些特别,有些与众不同。这真的可能吗?

"小胖?"我脱口而出。

他大笑起来,丝毫没有生气的迹象:"我已经很久没有听到这个称呼了,不过没错,我是小胖。"

他不仅身上的脂肪不见了,眼镜也消失了,可以看到修身的西装下面的肌肉。

"杰克!"我说,"对不起,我只是太……你在干什么?"

"跳舞,"他说,"和你在同一个城市。"

"你是个舞者吗?"

"是的。在一所芭蕾舞学校。现在我主要为其他的舞者编舞。那样更舒适,而且……好吧,报酬也高得多。至少你已经扬名立万了。"

"你呢?"

"比不上你,理查德。但是我也过得挺好。"

"成家了吗?有孩子吗?"

"我有一个丈夫。还没有孩子。你呢?"

我摇了摇头:"两个都没有。"

"那你成了例外。这里的人都结了婚,并且像传送带一样生孩子……"他朝着卡伦和奥斯卡的方向点点头,"三个孩子。还有巴兰坦最大的房子。他买了房子,把它拆了,然后开始重建。我保证聚会结束后,他会邀请所有人去那里参加派对,这样他就可以炫耀一番。而且……"

音乐突然响起,全班的人欢呼起来,他剩下的话被声浪淹没了。这是上学时我十分讨厌的一首热门歌曲,但现在听起来很棒。一个女孩走到我们面前,一声不吭,拉起杰克走到了快速形成的舞池中,每个人都在那里扭动、跳跃。在混乱中,我看不见卡伦了。直到她出现在我旁边。

"天哪!看看杰克跳舞,"我们看着他杂技般的动作,她在音乐声中大声喊道,"理查德呢?他还是不跳舞吗?"

我摇了摇头。她靠得更近了,这样就不必大喊了,我感觉到她男孩般的刘海在挠我的脸颊。"我们离开这里吧?"

"什么意思?"我一动不动地问道。

"假装现在是午休时间。我们可以躲开一段时间,让这些白痴好好玩吧。"

她拿着一把熟悉的旧钥匙在我面前晃了晃,发出了她那富有感染力的疯狂笑声。

我们一踏上屋顶,秋天的清新空气便扑面而来。

我们走到屋顶边缘,低头看着校园。

一阵阵的强风把她的刘海吹得上下翻飞。南边,休姆的方向,闪电正在云层下闪烁。

"希望他能顺利着陆。"卡伦说。

"他？"

"汤姆。他现在本该到了，但天气不好，所以他的飞机一定在绕着休姆转圈。"

我点了点头。看起来风暴正向这里袭来。

卡伦举起她重新装满的香槟酒杯。"我们又来这里了。我们坐在这里的时候，分享了多少秘密呀！"

是我分享，我想。我是那个带着秘密上来的人，你只负责问和听。

"即便如此，我从来没有和你分享过我心底最深的秘密。"我说完，又和她一起喝了一口。

我们喝完酒，卡伦沉默着望向黑暗。这是她的把戏，她很清楚。

"你是说你父母的遭遇？"最后，她说道。

我没有回答。我意识到她躲开了我的计谋。这对我们俩可能都是最好的。

"你总是说你什么都不记得了，"她说，"现在你能告诉我发生了什么事吗？"

我想了想。"我不知道。"我说。

"告诉我你还记得什么。"她说着，把随身携带的外套放在管子旁边的屋顶毡上。她坐下来，并示意我也坐下。我在她身边坐下，靠在管子上。我们坐得很近，我的西装裤碰到了她的裙子。

"他们死于一场火灾。"我说。

"什么样的火灾？"

"人为纵火。在我们住的公寓里。"

"是谁干的？"

我用力咽了一口唾沫。我的嘴太干了，一点声音都发不出来。一阵几不可闻的雷声从远方传来。

她的声音带有试探性，如同在薄薄的冰层上缓慢向外走："是你？"

"不，"我说，"是我的父亲。"我长呼一口气，把肺里的空气放出来。

"你认为他为什么那么做？"

"因为他生病了。因为他变得暴力之后，妈妈把他赶了出去。"

"所以他在被赶出去后放火烧了房子，但最终自己也命丧火海？"

"对。他趁我们睡着时闯进去放火。"

"这是在没有任何预兆的情况下发生的吗？"

"没有。好吧……有。他经常打电话。"

"打电话给你妈妈吗？"

"对，尤其是在夜里。最后她不再接电话了，所以有时我会偷偷溜出去接。"

"为什么？"

"因为……我不知道。因为我想停止它的响声。因为我想让他停止恐吓我们。因为我……想听到他的声音。"

"听到他的声音？"

"他是我爸爸。他也很痛苦。"

"他说什么？"

我闭上眼睛。这有点像我坐下来写作的状态，画面、声音和场景涌入脑海——我永远无法确定它们是真的发生了，还是刚刚出现在我的脑海中，但它们看起来却跟我和卡伦此刻坐在这里一样真实。

"他说她将被烧死。我爱的那个女人会被烧死,而我却无能为力。因为我瘦小又懦弱。因为我和他一样,我是……"我大吸一口气,"垃圾。然后他让我重复一遍。'说你是垃圾,否则我就杀了她。'"

"然后你就复述了?"

我张开嘴想表示肯定,但什么声音都没有发出来。仿佛我说的是别人,不是我,仿佛我的身体和声音只是一个心平气和的作家想象出来的东西,好像他只是想到什么就写什么。同时,我知道每一句话都是真的,事情就是这样发生的。我点点头,然后感觉一股暖流从我的脸颊上流下来,于是我转过身去。很明显,我喝香槟的速度有点太快了。

卡伦一只手放在我肩上。"但他还是杀了她?"

我擦去眼泪。"他被诊断患有精神分裂,本来应该在医院。他确实住院了,在一个安全的惩教所。我去看过他一次。惩教所在一块偏远的田地中央,四周围着一道高高的栅栏,名叫罗里姆惩教所。然后,在没有提醒我们的情况下,他们又把他放了出来。三天后,他放了那场火。"

"你是怎么活下来的?"

"我跳了下去。"

"你跳了下去?"

"我醒了过来,发现我的卧室着火了。我跑向窗户。我们的公寓在九楼,街上有消防车。他们拉开一块帆布,大声叫我往下跳。于是我跳了下去,没有先问他们有没有救我妈妈。我本可以救她的,毕竟我当时已经十三岁了。"

"如果你的卧室着火了,你什么都做不了。"

"我永远都不会知道。"

"噢，理查德。"她说着，把手放在我的脸颊上。

然后我哭了起来。我哭个不停，好像我的每一块肌肉都在抽搐，我的身体不想停止颤抖。就像书中我被困在电栅栏上时一样。还有一段模糊的记忆，我无法完全理解。

卡伦双臂抱着我，我现在不痛了。相反，就像排水管上的塞子被拔掉了，所有的垃圾最终都被排空了。直到我停止哭泣，她才松开双臂。

"给。"她说。我抬起头来，接过了她递过来的东西。然后笑了起来。

"这是什么？只有做母亲的人才会确保随身携带舒洁纸巾，哪怕她穿着派对礼服。"我一边擦鼻子一边闻了闻。

"母亲？"她说。

"你和奥斯卡。我听说你们有三个孩子。还住在一栋大得离谱的房子里。"

卡伦难以置信地看着我。然后她也开始笑了，轮到我问她怎么了。

她说："奥斯卡确实有三个孩子，是的，还有一座大房子。但恐怕我既没有孩子，也没有房子。"

"奥斯卡和我高中刚毕业就分手了。好吧，就在你离开之后。"

"我明白了。你们为什么分手？"

她耸耸肩："我要去南方学医，他要在这里做他父亲的生意。但不管怎样，我已经知道我和他并不完全是命中注定的。"

"如果你知道这一点，为什么你们在一起这么久？"

"你知道吗？"卡伦看着我说，尽管她似乎在看自己的内心，

"我经常想弄清楚这件事。我想这可能是因为每个人都认为小奥斯卡和我是一对很好的情侣。当我告诉妈妈我想分手时,她都很惊讶。"

"奥斯卡呢,他反应如何?"

"马马虎虎。"

"看起来他对你还有感情。"

"我这么做是为了他好——奥斯卡是世界上最可爱的男孩。"

"你们还见面吗?"

"他会主动联系我,但我已经……"她摆了摆手,好像在暗示她的意思显而易见。但我还是问了。

"已经?"

她微微一笑:"把一切都看开了。"

我正要问她这样做是为了谁,为了奥斯卡,她自己,还是两者兼有?但我们被校园里传来的叫喊声打断了。

"卡伦!理查德!我们知道你们在上面!"

我们从屋顶边缘往下看。当然,是奥斯卡。

"我们正在玩绕圈,"他喊道,"每个人都必须加入!"

绕圈,就是大家坐在椅子上,在体育馆里围成一个大圈,每个人轮流说自己过去十五年里都在做什么。每人有三分钟的时间。有些人在三十秒内就完成了任务,有些人超时了也没有人阻止。他们中的大多数人谈论的是家庭以及空闲时所做的事情,而不是他们的职业。奥斯卡除外,他详细介绍了生意的进展情况,只是顺便提到他已婚并有三个孩子。杰克自嘲地描述了一个男孩,他喜欢打扮成《辣身舞》中的女主角在镜子前跳舞,但直到他的一个阿姨告诉他,他才知道自己是同性恋。然后轮到卡伦了。令我惊讶——或者可能让我松了一口气——的是，她并没有透露太多，只是说她住在南方，在那里成了一名精神病学家，还说自己工作太多了，目前没有伴侣，和两位女同事住在一座海滨别墅里。

我预想，当轮到我最后一个讲时，我会听到一种饱含期待的沉默，仿佛这位班上名人的故事是每个人都期待的甜点。也许不是因为他们想听到另一个自吹自擂的成功故事——关于我的故事，他们甚至可以在报纸上读到——而是因为他们好奇我是如何应对成功和为数不多的赞誉的。他们想看看我是否变得傲慢了，是否认为他们会在乎，是否会花三分钟的时间娓娓道来，说那些我有而他们没有的。

我只用了几句话，简单介绍我写儿童读物，有些书写得很好，有些不太好，但其中一本书写得足够好，我可以靠它谋生。我还说了我是单身，没有孩子，还说我尽管没有计划搬回来，但仍然想到了很多在巴兰坦度过的岁月。有些是美好的回忆。有些则是糟糕的。

"但对我来说，并没有对你们中的一些人来说那么糟糕，"我说道，此时已经感觉到喉咙越来越紧，该死的香槟，"因为我并不是一个好孩子。我可以为自己辩护，这是我的一些艰难经历导致的结果，但结果还是一样。我是个恃强凌弱的人。"

我强迫自己环顾四周，看着圈里的面孔，突然发现，在灯光昏暗的体育馆里，他们看起来是那么相似，就像一串白色的珍珠。我是一个局外人。即便如此……

"我想道歉，但我不想请求任何人的原谅，"我说，"因为对一个毁了别人童年的人来说，这太过分了。但我想让你们知道，我很抱歉……"我的喉咙完全闭上了，我不得不停下来。我没想到我计划中的忏悔如此让人痛苦，我应该在来之前练习一下，应该在独自一人的时候大声对自己说出来。我鼓起脸颊，把嘴里的空气吹出来，眨着眼睛把眼泪逼回去。"如果这能让你们中哪怕一个人感觉好一点，我这趟就值了。"我叹了口气，身体前倾，双手托着头，闭上了眼睛。房间里一片寂静。很长一段时间都鸦雀无声。

"但是……"最后，一个女人说，我不知道她坐在哪个位置，"可能其他人有完全不同的经历，但我不记得你曾是个恶霸，理查德。"

"我也不记得，"一个男人说，"有些人是，但你不是。"

他们是在糊弄我吗？我把手从脸上移开。没有，他们都以一种友好而严肃的眼神看着我。

"你知道为什么你从不欺负任何人吗？"小胖杰克问道，"因为你没有时间，你总是和齐默尔太太一起在图书馆里看书。"

大家一起笑了起来。

"对不起，理查德，"奥斯卡笑着说，"你可能并不像你记忆中的那样坏，但这可能是作家的记忆特有的运作方式。"

一阵更响亮的笑声。解脱，这至少化解了我制造的尴尬气氛。我咽了下口水。露出了微笑。我正要开口说话，杰克跳到了椅子上，双手握成一个扩音器，放在嘴边：

"派对时间到了！"

顷刻之间，所有人都站了起来，音乐响起，我们随着年轻时的流行歌曲翩翩起舞。每换一首歌，大家都更换搭档，除了奥斯卡，我看到他只跟卡伦跳。我像个疯子一样跳舞，受到了香槟、月光的影响，还有我误判的忏悔造成的尴尬，以及这些年来我的内疚被证明是完全没有根据的之后，那种纯粹的喜悦和解脱。老实说，我不确定是谁记错了过去，是我还是班上的其他人，但我的行为显然没有给任何人留下任何持久的印象，仅此一点就值得庆祝！

我不知道跳了多久，我汗流浃背，正和一个我只能隐约认出的女孩跳舞，但她看着我，眼神明显充满了欲望，我怀疑我们一定比我记得的更了解对方。然而，当时除了卡伦，我的眼里没有任何人，不是吗？我不知道她是否看到了我内心的想法，当音乐停止，我们突然在沉默中面对面站着时，她带着厚脸皮的笑容，大声而清晰地说道：

"谷仓。"

我也面带微笑，含糊地点了点头。

"不！"她难以置信地笑了起来，"该死，你不记得了！谷仓！你和我，还有……干草？"

我继续微笑着。

"我叫什么名字？"她咄咄逼人地问道。

我的笑容仿佛被粘住了。我咽了咽口水。

她的笑声现在听起来有些苦涩。"你知道吗，理查德·汉森，你真是个……"

"丽塔。"

她歪着头看着我。

"你叫丽塔。"我说。

她的脸放松了，从她的笑容中我可以看出一切都被原谅了。

音乐重新响起。这是当晚的第一首慢歌，是一首民谣。丽塔向我走来时，我们中间突然出现了一个人影。是卡伦。

"我想这首歌轮到我了。"她看着我说，甚至没有注意到丽塔。

"我想她可能是对的。"我拉着卡伦的手对丽塔说。

很快，我们就以简单的两前一后的脚步在地板上滑行，甜美的民谣从扬声器中滴落。

"你能说出自己的感受，可真勇敢，"卡伦说，"告诉大家你对学生时代的记忆。"

我也调侃回去:"哪怕没人和我有一样的记忆?"

"所有的经验都是主观的。记住,你很敏感,任何针对你的事情都会产生强烈的反响。你把这种敏感叠加到其他人身上,你认为你针对他们的那些小事也会对他们造成严重的影响。"

我感觉到她柔软的手,她背部的摆动,以及她的身体散发出来的暖意,尽管她离我相当远。我能把剩下的也说出来吗?我有那么勇敢吗?

当卡伦把前额靠在我的肩上时,歌声渐渐消失了。

"我希望他们再放一首慢歌。"她轻声说。

她如愿以偿了。

第三首民谣开始以后,我把她拉得更近了。没有太多,只近了一点,但她抬头看了我一眼,笑了笑,看起来好像要说什么。这个时候,房间突然被一道巨大的光照亮了。光来自高处的窗户,一道蓝光似乎穿透了一切,所以,有一瞬间我看到了卡伦头部的X光图像——她头骨的形状、空洞的眼窝,还有牙齿(她咧着嘴,露出可怕的笑容)。然后光消失了,接着是低沉的、几乎是呻吟的隆隆雷声。卡伦靠得更近了,我闭上了眼睛,呼吸着她身上的气味。又一阵隆隆声,这次更近了。我感觉到卡伦松开了我,我睁开眼睛,意识到音乐已经停止了,体育馆里一片漆黑。

"短路了。"有人喊道。

黑暗像隐形斗篷一样笼罩着我们。这是我们的机会。但当我向卡伦伸出手时,她已经走开了。有人打着了一个打火机,点燃了几根蜡烛,过了一会儿,一个火把出现在了体育馆门口。

是管理员。

奥斯卡、哈里·库珀——他是个光头，我记得这个是因为他的头发在上学时就在逐渐变得稀疏了，而且他比我还坏——还有我，我们三个人跟管理员一起进了地下室。地下室里有一股烧焦的金属味，他打开了一个大的保险丝盒，一团烟雾在火炬的光中逐渐升起。我看着里面扭曲、发黑的保险丝和开关。但是，让我感到似曾相识的是那股气味，而不是那幅景象，就如同那个含情脉脉的女孩，我和她发生了什么，我本应该记得，但记不起来。

"今晚这里的灯无法再亮起来了，"管理员说，"也就没法继续开派对了。"

"我们有蜡烛。"奥斯卡说。

"你们可以看到，这里发生过火灾，"管理员说，"如果某处有电线在冒烟的可能性，我就不能让任何人再待在学校里，你们明白这一点，对吧？"

我们回到了健身房，奥斯卡站到椅子上，宣布了一个坏消息和一个好消息。坏消息是派对不能继续在学校进行了。

"好消息是，我妻子这个周末带着孩子们去看望她的母亲了，"他说，我注意到他的声音中透着一丝炫耀，"这意味着我一个人在家，我们可以……"

他的话被欢呼声淹没了。

快到午夜了，在学校外的停车场里，大家正挤进来参加派对的人的车里。事实上，没有一个司机是完全清醒的，但这似乎并没有困扰任何人，每个人都知道巴兰坦的警长在周六晚上有比追捕醉酒司机更重要的事情要做。

我坐进了一辆电动越野车，越野车一边嗡嗡作响一边开走了，我挤在哈里·库珀和丽塔之间，感觉精疲力竭。从早上在城市里睡醒以来，我已经度过了漫长的一天，我开始想自己是不是应该放弃，回家然后在我小时候的卧室里休息。然而，我闭着眼睛坐在那里，想着卡伦也会去。汽车驶入蜿蜒的道路，随即开始减速，我感到一阵阵恶心。我听到车轮下面砾石发出的嘎吱声，哈里·库珀发出的低沉的"哇哦"声，大门打开时的尖叫声，随后是更为"谨慎"的嘎吱声。然后，我们完全停了下来。

"我们到了，"司机说，"酒在哪里？"

我感觉到身体的挤压结束了，狂风透过两侧敞开的车门吹进来。我睁开眼睛，跌跌撞撞地走下车，希望新鲜空气能让我清醒，并缓解开始发作的头痛。我挺直腰板，凝视着眼前的建筑，感觉血液在血管里冻成了冰。我应该意识到的。这所房子是全新的，是重建的，至少看起来是这样，但他们一定使用了原建筑师的平面图或旧照片。

"你来吗，作家先生？"丽塔叫道。

"当然。"我说。

诚然，我看不到橡树，但台阶、大窗户、两侧的翼楼，一切都跟以前一模一样，甚至连屋脊上的魔鬼犄角都一样。我又回到了镜林路1号——夜之屋。

26

我步入大厅。闪闪发光的白色大理石地板上摆放着一架闪闪发光的黑色三角钢琴,还有一张玻璃桌,桌子上放着大约二十杯显然是现成的混合饮料,杯子里都有柠檬片。家具是成组布置的,仿佛我们正身处酒店大堂而不是某人的家里。这种印象因为一盏高悬的水晶吊灯而变得更加强烈了。

我一边在人群中搜寻她,一边端起一杯酒。"不得不说,小奥斯卡混得真不错。"哈里·库珀在我旁边说。他放下已经空了的杯子,端起另外一杯。"只有一点,把柠檬放到杜松子酒和汤力水中是完全错误的做法,显然应该放酸橙。"他看着我,似乎在期待我参与这场经典的辩论。但我没有回应,把目光从他身上移开,再次环视大厅。最后,我找到了卡伦,她正要走向通往左侧翼楼的走廊。或者更确切地说,是奥斯卡握着她的手,看起来更像是在把她朝那个方向拉。

"卡伦!"我喊道。

她转过身来。"奥斯卡热衷于炫耀房子。"她带着无奈的表情笑着说。

"很好!"我喊道。

我放下骄傲,喝完杯子里剩下的酒,赶紧追了上去。

"介意我跟你们一起吗?"我问道。

"当然不会。"奥斯卡头也不回地说道,语气不太令人信服。

我们走进走廊,墙上挂着游艇和汽车的照片,还有奥斯卡妻子和孩子的肖像。

"这是客房。"奥斯卡打开一扇门说。

"很好。"卡伦说。

我们继续往前走。另一扇门。另一间客房。我们继续往前走。

"你对这栋房子所做的一切令人印象深刻,"我说,主要是为了说点什么,"因为它曾被完全烧毁,不是吗?"

"我不认为是被完全烧毁了,"奥斯卡说,"没错,它曾被闪电击中,发生过火灾,但当时房子是空的。"

"理查德这么问……"卡伦转过身面对着我说,仿佛是在征求我的同意,"是因为他在一部作品中写到了一栋被烧毁的房子,跟这栋房子有点像。"

"真的吗?"奥斯卡说道,丝毫没有放慢脚步,"我得承认,我不看那种奇幻作品。对不起,理查德。"他转过身来,一只手放在我的胳膊上,"并不是说这种作品对作者的水平要求不高。我的意思是,你显然已经找准了儿童的喜好。"

"是年轻人,"卡伦说,"我不会给孩子们读那部作品的,奥斯卡。"

奥斯卡淡淡一笑,看起来他不喜欢被人提醒他的婚姻状况。"这是温室,或者叫暖房。"他抚摸着门内的墙壁说。房间就在我们面前,有一种类似喷泉的流水声,但天已经黑了,我看不太清楚。

"这里曾经是后院,我用玻璃幕墙把它围了起来,并加上了屋顶。但这栋房子对我们来说显然太大了,因为我现在甚至找不到电灯的开关。"

就在这时,又有一道闪电划过,这次我看到了那棵树。

它位于房间的中央,在一汪圆形水潭的正中央。我不知道那是不是橡树，但肯定是一棵小树，一棵还没有把根伸得特别远的树。即便如此，我还是惴惴不安，我知道树根此刻正在做什么：将它们的白色手指向各个方向伸展，就在我们脚下，缓慢但无情地寻找着食物、养料、猎物。

又是一道闪电。我看到奥斯卡站在那里，伸着胳膊寻找电灯开关，他的身体就像今晚早些时候的卡伦一样被点亮了。但这张X光片跟她的并不相同。他的头骨很小，有着啮齿动物般小而锋利的牙齿。手臂没有人类那样清晰可见的骨骼，只有一个由细刺组成的网络，就像鸟的翅膀。我不应该那么快喝完那杯酒的。

"好了。"奥斯卡说。

房间里的灯亮了。

"太好了！"卡伦说。

"你觉得怎么样，理查德？"

"令人难以置信。"我回答道。

"那里面是什么？"卡伦指着温室另一侧通往翼楼的那扇门问道。

"那是在这里工作的夫妇住的公寓。我们搬进来的时候他们就在那里了，所以他们算是跟房子一起的。他们照顾房子、照看孩子，还做饭。当我们在路上的时候，我就打电话让他们准备酒水了，你们觉得怎么样？"

"太棒了。"卡伦又重复道。有那么一瞬，我想说酒里应该放酸橙片而不是柠檬，但我只是点了点头，仿佛我同意卡伦的观点。

奥斯卡看起来很满意。"我还让他们准备了一些吃的，所以我希望你们都饿了。"

"太棒了！"卡伦重复道。我看着她，却看不出一丝讽刺的味道。

返回途中,我在走廊里跟在他们两人后面,看到奥斯卡拉着卡伦的手,领着她往前走,好像他们又是一对了。我想找个坚硬的东西打他的后脑勺。

我们听到了大厅传来的音乐声,等走到了,我看到舞会又开始了。

"汤姆落地了!"杰克在舞池里喊道,"他刚刚发短信说他正在乘出租车来的路上。"

"太棒了!"卡伦大喊道,我能感觉到这种一而再,再而三的重复让我开始恼火了。

"你家里不会有头痛药吧?"我问奥斯卡,他仍然没有放开卡伦的手。

"当然有,"他说,"在浴室的柜子里。楼上,左转,过了厨房,右手边第三扇门。"他笑着看着我,好像在说:亏你想得出来,想让我把卡伦留给你,你这个浑蛋。

我离开了他们,只感觉头晕目眩,不得不扶住宽阔的楼梯一侧的栏杆。我在楼梯顶部喘了几口气,试着镇定下来。我看到奥斯卡、卡伦和其他人围着杰克跳舞,杰克在舞池中央领舞,做着一系列令人惊叹的动作和霹雳舞技巧。一个后空翻赢得了大家热烈的掌声。

我跟跟跄跄地走着,阵阵头痛像低音鼓一般在太阳穴里跳动。我站在一扇门后,能听到里面拖拉的脚步声和用刀剁肉一般沉闷的砰砰声,还有锅的咔嗒声,我意识到这一定是厨房。正像奥斯卡说的那样,浴室就在前面几扇门之外。浴室宽敞而现代,并且非常干净,里面有淋浴和按摩浴缸,还有一扇敞开的门,我想那扇门应该通往奥斯卡和他妻子的卧室。浴室里有两个洗手盆,其中一个上方的柜子里塞满了装药片的瓶瓶罐罐。我看到一个标签上写着"萨拉·罗西"的药瓶,但看不清这些药都是用来干吗的,因为一切开始模糊不清了。但我最终认出了其中一个盒子,并吞下了里面的两个药片。我在加热的地板上坐下来,背靠着墙,闭上了眼睛,只希望浴室停止跳动,世界停止旋转。

我不知道在那里坐了多久,这时,门开了,丽塔走了进来。

"你在这里啊,"她咕哝着把内裤拉到裙子下面,坐在了马桶上,"你不舒服吗?"

"抱歉。"我说着站起身来,努力打起精神,我看着橱柜门镜子里的那张脸,那不是我,但也意识到那一定是我。

"那不是什么值得写的事情,"丽塔说道,我听到她的小便流进了马桶里的水中,"那次在谷仓里。我当时没有问,只是想表现得友善一点,但我猜那是你的第一次。是这样吗?"

"抱歉。"我重复道,然后跌跌撞撞地走到了外面的走廊里。我扶着墙,走过厨房,这次在那里我只能听到拖着脚走路的声音,仿佛那对夫妇在里面缓慢地跳华尔兹。我停下来听。还有另一种声音——一种潮湿的爆裂声。我按下门把手想打开门。但有什么东西——一种模糊的预感——阻止了我。我的心怦怦直跳,浑身直冒冷汗。门后的一切都停了下来,好像站在那里等着我。我向后退,转身朝大厅上方的走廊走去。音乐已经关掉了,我可以听到下面生动的对话。我探过栏杆往下看。人们或站立,或坐在椅子上,或懒洋洋地躺在沙发上,都在吃东西。我看到一盘汉堡取代了玻璃桌上的酒水。也许这正是我所需要的:一些食物。

我走下楼梯,朝托盘走去,但为时已晚,一个人正要去拿最后一个汉堡,我认出来他是班上的常驻数学天才亨里克。他看到了我,便后退一步，表示该让我拿。

"不，你先来的。"我笑着说，不过笑容可能看起来很勉强。

"伟大的作家都需要食物，"他和蔼地笑着回答，"我已经吃了一个，而且他们还在做呢。"

"那样的话，谢了。"我说，然后一把抄起那个汉堡。我咬了一口，感觉嘴里充满了新鲜肉糜夹带的汁水，心想这就是我们哺乳动物的主要成分：水。我又咬了一口。天哪，太好吃了，这正是我所需要的。

"我儿子想知道我是不是你书中的数学天才亨里克。"

我看着那个依然站在原地的男人。我们在体育馆谈论自己时，他是没有用完时间的那些人之一。一名会计，他不是这么说的吗？他之前的目标更高吗？也许要做个学者？他认为我们对他有更高的期望吗？这就是他没有多说的原因吗？还是他对自己的命运感到满意，只是觉得到目前为止，他的人生没有太多令人兴奋的事情可说？

"是的，"我满嘴汉堡地说，"就是你。"

"我从来都不是数学天才，不过还是谢谢你。"

"不，你是。"

他大笑一声。"永远不要相信自己的记忆力，它只会给你它自认为你需要的东西。所以……好吧，从这个意义上说，也许相信它也还是对的。"他又笑了。

我又咬了一口汉堡，慢慢地咀嚼着，这样就不用回答了。我只是再次点了点头，感谢他让给我的汉堡，然后穿过大厅，坐到一张沙发上，挨着卡伦。我发出了一种只有在经历了一段时间的严重不适又得到解脱后才会发出的呻吟。

"你感觉好多了。"她笑着总结道，同时用拇指和食指捏了捏我的脖子。

"是的,"我咽下汉堡,说道,"我走开了多久?"

"挺久的。我都开始担心了。"

"我没事。你呢?我看到你给自己找了一张沙发,你以为可以独自坐一会儿。这么受欢迎挺可怕的吧?"

"太糟糕了,"她笑着打开了笔记本,"不过其实不是,我来这里坐,是因为汤姆当时坐在这里。"

"汤姆?他到了吗?"我环顾四周,"他在哪里?"

"他去厨房帮忙了。"她一边说,一边在笔记本上写。

"我看你还留着那个书签。"我说着朝夹在笔记本封面上的粉红色发夹点了点头。

"对。"

"还打算当作家吗?如果你要用我说的任何一句话,我将要求版权和版税。"

"说定了,"她说,"对了,汤姆在找你。"

"真的吗?他打算在厨房里做什么?"

"就像我说的,帮忙。"

"为什么?"

她耸耸肩。"汤姆就是那种喜欢奉献自我的人。"

"是吗?"

"他自己是这么说的。"

"他说什么?"

"他说想去厨房奉献自己。这显然奏效了,你看起来很喜欢这个汉堡。"

"这些都是汤姆做的吗?"我低头看了看手里剩下的一块肉和

面包。

"不管怎样,那对夫妇端上来的时候称它们为汤姆汉堡。看,他们又端上来了一些……"

我听到楼梯上拖曳的脚步声。我咽下口中的食物。一个想法逐渐成形。然后,我慢慢地转过身,感觉口干舌燥。

一只螃蟹。这是我的第一想法。他们正用四条腿侧身走下楼梯,鉴于他们髋部相连。他们的右手——像蟹钳一样举着——分别拿着一盘热气腾腾的汉堡。他们看起来像双胞胎,都一瘸一拐的,穿着白色衣服。

我和她的目光相遇。瓦妮莎的。

然后——当她转身让她的同伴走下台阶时——又和维克托的目光相遇。

我感觉头快要爆炸了。是药片,一定是药片造成的。还有别的能解释在我眼前发生的事情吗?

"嗯,这些看起来不错!"卡伦说道。

"别碰那些汉堡。"我说着放下剩下的汉堡,站了起来。

"有什么问题吗,理查德?"

"是的,"我轻声说,"有问题。跟我来。"

我拉着卡伦的手,让她跟在我身后。当那只奇怪的"人体螃蟹"来到楼梯底部,朝玻璃桌子爬去时,我们朝楼上跑去。

厨房的门微开着,当我们走近了,我听到了和我写汤姆被电话听筒吃掉的场景时所想象的一样的声音,一种湿漉漉的吮吸声,像蛆虫吸食死人的声音。我踢开了门。

"可……可是,如果不是理查德呢?"站在厨房柜台旁转动那台大型绞肉机把手的男人脸上立刻堆满了笑容。他长大了十五岁,体重增加了一些,还留起了小胡子,但毫无疑问:这是汤姆。

"你……你……你喜欢我吗?"他问道。

我瞪大了眼睛。咽了咽口水。他的另一只胳膊没有再转动把手,衬衫袖子卷到了肩膀上,整个手臂深深地卡在绞肉机里,已经所剩无几。湿漉漉的吮吸声来自绞肉机的下部,几股肉末从洞里渗出,先是在空中悬挂片刻,然后掉进了放在下面的椅子上的煎锅里。

"你在干什么?"我声音沙哑地低声说,感觉快要吐出来了。

"我正在做我们所有人都应该做……做……做的事,"他说,"我正在奉献自己。快……快……快来,理查德,你应该试试看。"

"不用了,谢谢。"我一边努力说着,一边开始向门口退去。

汤姆松开绞肉机,猛地伸出一只手。我站在离他两米多远的地方,但他还是设法够到了我。他苍白纤细的手指紧紧地抓住了我的手腕,开始把我拉向他。

"我非这么做不可。"他说。

我抵抗着,努力把鞋跟插进地板,但他太强壮了。

"来吧,浅滩的鱼该喂……喂……了。"

我被拉得越来越近。他从绞肉机顶部的开口处——也就是绞肉机的嘴——里抽出了剩下的手臂。残肢的末端呈锯齿状,血红色的肉,中间伸出一根白色的骨头,但没有鲜血流出。我看了看绞肉机侧面的大号文字。食人鱼。汤姆把我的手拽进绞肉机的嘴里。

"卡伦!"我转过身大喊。

卡伦站在门口,像一个冷漠的旁观者一样看着。她吓坏了,是的,但她的表情中还透着其他的意味,仿佛她也有些——该怎么说呢——着迷。

我感觉到我的手碰到了里面一种锋利的物体。是绞肉机的刀片。

"亲爱的卡伦，"汤姆说，"正如你所看到的，我两只手都没空，所以，你介意为我们转动把手吗？"

令我恐惧的是，我看到卡伦点点头走了进来。

"不，不，不！"当她握住绞肉机的把手时，我尖叫起来。我环顾厨房的柜台，看到了那把切肉刀。我用另一只手抓住它，用尽力气朝着抓着我的手臂挥去。我感觉到刀身惊人地轻松穿过血肉之躯，然后插入了厨房工作台面。一股温热的鲜血喷到了我的手上。

"天哪！"卡伦笑着喊道，同时低头看了看她那件已经染上了红色的裙子。

"天哪！"汤姆模仿卡伦说，他也面带微笑，低头看着工作台上他那被割断的手臂。我难以置信地凝视着他的身体，一个活生生的、血流不止的躯干外加两条腿。然后我意识到卡伦已经开始转动把手了。我感觉到绞肉机的刀片碰到了我的皮肤，我迅速把手抽了出来。

我们的目光相遇了。我在她的眼睛里看到了什么？好奇？同情？

我不知道，当时情况非常混乱。

于是我跑了。

跑进了走廊，朝大厅跑去。

我跑得太不平稳了，就像顶着暴风雨在甲板上移动一样。到了二楼长廊，我双手抓住栏杆，吐了起来。我注意到一些呕吐物落到了下面的大理石地板上。我平复了呼吸。然后听到一种低沉的嗡嗡声，就像蜂窝传来的声音。我抬起头。在下面的大厅里，大家都站成了一圈。

现在他们都抬头看着我，而我则盯着圆圈中间的那个人。是杰克。他现在一丝不挂，以经典芭蕾的站姿立在那里，眼睛盯着我。他双臂伸过头顶，双手相对并朝内弯曲，一只脚在另一只的前面。第五站位。我怎么知道的？我读到过吗？我在图书馆的一本书上看到过照片吗？他们说我把所有的时间都花在了那里，我真的这么做过吗？

嗡嗡声是他的翅膀发出的。翅膀从他的背部伸出来，轻薄而透明，扇动得非常快，看上去仿佛空气在振动。

他绷直双脚，只有脚尖与大理石地板接触。后来脚尖也不接触地面了……

他漂浮在了稀薄的空气中。

我又屏住了呼吸。周围只有翅膀发出的嗡嗡声。杰克的身体似乎僵住了，缓缓升起。我看着其他人仰起的脸庞。他们看起来并没有那么惊讶，更多的是虔诚，仿佛这是一个预言中的奇迹，或是他们以前见过的东西。奥斯卡幸福地微笑着。丽塔看起来完全入迷了，她的嘴唇在动，似乎在祈祷。瓦妮莎和维克托站在一起，都紧握着双手。

杰克已经升到了和走廊一样高的地方，正朝我飞来。我能感觉到他翅膀扇动的气流。他的眼睛虹膜变成了红色。我几乎要笑出来了，这些幻觉是如此真实，我想，如果我伸出手去触碰他，就能感觉到指尖下他的皮肤。是药片吗？是它们控制着这些幻觉，还是我？我无从得知，但我感觉自己有一定程度的控制力，仿佛是我在指挥一切。我既能也不能决定正在发生的事情，仿佛故事有自己的意愿，有一种内在的逻辑。如果是这样的话，我能阻止它吗？还是说这只是一场普通的噩梦，一场你作为一个无助的旁观者，别无选择，只能看和听的表演？倘若果真如此，我现在就想醒来。我清了清嗓子。

"非常令人印象深刻，杰克。"我尽量保持声音平稳，"你真把自己变成了小叮当。"

"而你还是以前的那个人，"杰克说，"伊姆。"

"什么？"

"你自己看。"杰克指着大窗户说。

我转过身来,除了窗外的漆黑一片,什么也看不见。

"你什么意思……?"我刚开口,窗外出现一道闪电,我看到玻璃上映出了我的脸。或者更确切地说,不是我的脸,而是我在浴室镜子里看到的那张脸。那是我在一张小时候的学校合照上看到的脸庞,也是我写《夜之屋》中主角理查德站在罗里姆校长办公室外时,脑海中出现的面孔。我不禁觉得我的头要爆炸了——我真的希望它会爆炸。那是伊姆·乔纳森的脸。

"你现在明白了吗?"杰克问道,"你明白了吗,理查德?"

"不明白,"我说,"我只知道这都是你提前安排好的。"

杰克微笑回应。

"从什么时候……?"

"噢,从我们邀请你参加这次聚会开始。"

"但是……为什么呢?"

"为什么?噢,理查德,你知道为什么。"

我缓慢地摇了摇头。

杰克叹了口气,歪着头:"你自己说过了。"

"我欺负人的事?"

"理查德,你是一个人在欺负一群孤独的灵魂。但欺负这个词太弱了,你不觉得吗?"

"嗯……"

"想想看,'作恶'会更准确一些。"他用一只手指着下面的同学,"看一看,并且记住。汤姆,我,瓦妮莎,维克托,奥斯卡,甚至卡伦。这里的每个人。你一个接一个地找上我们,击碎我们的心理防线,恐吓我们,把我们的生活变成了人间地狱。"

我看着他们,并努力回忆。现在我想起来了。面对面。一个受害者接着一个受害者。我想起了我说过的咒语:你是垃圾。因为没有人能像一个知道当垃圾是什么感觉的人一样让你相信自己是垃圾。

我咽了咽口水。"所以你之前说我记错了是在撒谎?"

"抱歉,我们必须让你放松下来,为了把你带到这里。"

"好吧。那么,现在要做什么?"

杰克耸了耸肩:"现在我们要吃掉你。"

下面的人群出现了骚动。

"我不会这样束手就擒的。"我说,同时眼睁睁地看着他们像河水一样顺着楼梯涌上来。

"噢,我们也不奢望你能束手就擒,"杰克说,"事实上,如果你试图逃跑,我们会更加喜欢。众所周知,肾上腺素能给肉增添一点额外的风味。"

人群已经拥到了楼梯顶端,并在"人体螃蟹"的带领下向我靠过来。我把切肉刀对着他们挥舞,他们才停了下来。我爬上栏杆,站起身来,伸出双臂保持平衡,然后喊道:

"想看我飞吗?"

他们瞪大了眼睛,我一头扎向大厅。

我摔了下去。

笔直地落向闪亮的大理石地板。

我撞到了同样闪亮的三角钢琴,盖子好像碎了,我听到琴弦发出啪的一声,随后钢琴断成了两半。

我仰面躺着,凝视着那盏水晶吊灯,看着杰克在我上方盘旋,以及二楼走廊上的面孔。我摸索着寻找切肉刀,找到了,然后站了起来。

人群已经开始返回楼下,我跑向大门,把它拉开。或者更确切地说,是试图把它拉开。门被锁上了,没办法开锁。我又拉了一下。同样的结果。

"现在你明白来到一扇锁着的门前是什么感觉了吗?"杰克说。他就在我头顶盘旋,但离我太远了,我没法用切肉刀够到他。"而且是你以为爱你的人锁上的。接下来你会怎么做?"

我疯狂地用拳头捶门。

"没错!"杰克笑了起来,"你会用力敲门!你希望有人能打开门。但如果他们不打开,你又怎么办呢?"

我转过身来。人群已经到了楼梯脚下,这一次奥斯卡、哈里·库珀和亨里克在最前面。他们的脸上没有仇恨,没有任何情绪,只有漠不关心,一种奇怪的矛盾心理,仿佛他们的身体在服从自己无法控制的命令。

"没错,你会打电话。"杰克说。他把一只手举到脑袋旁,大拇指伸向耳朵,小指朝着嘴,就像一部电话。"你会打电话,希望有人能接听。你希望你唯一还能支配的人会接电话。让你进去。"

我松开门把手,突然转身绕过人群,穿过大厅,进入了奥斯卡早些时候带着卡伦和我走过的走廊。我不停地奔跑,听到他们的脚步声从我身后的墙壁上方传过来。我跑到了温室的门前,进去后猛地关上门,随后看到门上有锁。我心怀感激地把它锁好,并用后背抵着门。我听到了人群的拥挤声,随后感觉到门在摇晃。他们一边喊叫,一边捶门。我抬头一看。此时,玻璃墙外快速划过一道粗壮的闪电,照亮了温室。

那棵树。

有人挂在上面。

那人的头垂向胸口，露出了脖子后面打结的绳子。她穿着一件睡衣，光着的双脚向下伸，似乎想要够到它们无法触及的地面。

我向她走去，身后的喊叫声越来越微弱。

男孩子气的浅色刘海垂下来，遮住了她的脸。

当我走近后，突然发现自从我刚刚看到它后，它一定又长高了，好像它吃了东西。也许就是因为这个，那个挂在那里的人让我觉得像一具空壳——就像被蜘蛛吸食内脏后挂在蜘蛛网上的昆虫。

我在树下停了下来，抬头看着她。她那张长着雀斑的脸那么苍白，又如此美丽。她——我所珍视的一切——已经从我身边被夺走了。我没有思考，这个词就从我嘴里溜了出来：

"妈妈。"

作为回应，外面出现了一道巨大的闪电，接着是震耳欲聋的轰隆声，我上方的人也在摇晃，仿佛在跳一支笨拙的舞。下一刻，火焰从睡衣上喷涌而出，玻璃像雨点一样落在我周围。当我再次睁开眼睛，能感觉到夜晚的空气扑面而来，并看到玻璃屋顶和幕墙已经完全倒塌，这意味着我现在可以直接走进花园了。我可以看到大门就在一条闪闪发光的白色砾石小路的尽头。

就在这时，我听到身后的门开了。显然，奥斯卡找到了钥匙。

好吧，我想。我再也受不了了。可以在这里结束，就像这样。

我再次闭上眼睛，感受到一种奇怪的平静笼罩着我，我的呼吸也逐渐平缓下来。片刻之后，我再次睁开眼睛，因为呼吸平缓其实只是一种错觉。我可以多再忍受一些。我们总是可以忍受更多。于是我跑了起来。

27

我沿着碎石小路跑,穿过敞开的大门,顺着狭窄的断头路向森林跑去。沿途没有路灯,但闪电来得如此频繁,让我可以看清路。夜晚温和的空气就如同我写《夜之屋》的结尾时所想象的那样,空气里充满了电,倾盆大雨即将落下。我尽力快跑,但听上去追赶者仍在向我逼近。谁能想到他们有这样的耐力?我的肺部阵阵作痛,大腿因为乳酸堆积而变得像木头一样僵硬,我知道用不了多久,它们就会不再服从我的大脑。路变得更窄了,如果我没记错的话,前面就到头了。但在那之前,我应该到达那条小路。它从森林的部分区域穿过,通过那座木桥,一直延伸到主路。还有相当长的路,但如果我能跑到小路上,追赶我的人群就必须重新组织起来,因为小路不够宽,最多只能容纳两个人同时通过,也许三个人,希望这能让他们慢下来。如果我能到达主路,路上就会明亮起来,而且通常很繁忙——至少在白天是这样。

但他们正快速逼近我,此刻喘息声、灯光以及快速的脚步声就在我身后。我努力加快速度,但毫无效果。我不可能在他们前面到达小路。我几乎来不及思考,双腿就被踢到,整个人摔倒在地。我在黑暗中摸索着寻找切肉刀,但为时已晚,他们已经按住了我的身体。好几只手对我猛拉硬拽,我的太阳穴被击中,腹部也被脚踢。我蜷缩成一团,双手护住脑袋。

"把他翻过来!"一个声音咆哮道,"让他看着我们杀了他!"

几只手抓住我,把我翻过来,仰面朝上,一个人跨坐到我的胸口上。趁着下一道闪电的光,我看到是丽塔。我试图把她掀翻下去,但她很强壮,非常强壮。她俯下身来,对着我的脸吹了一口酒气。

"理查德·汉森,"她说,"我恨你。"

然后她坐直身子,双手举过头顶。她手里握着一个在槌球游戏里用到的那种拱门,把钢制的锋利尖端对着我。我像一只无助的甲虫一样仰卧在那里,用胳膊和腿拍打着,意识到我很快就会成为一块槌球场了。

就在这时,丽塔的脸被耀眼的光线照亮了,她僵住了。

"以法律的名义,不许动!"

一切完全静止了,每个人都转身朝向灯光。我什么也看不见,但意识到对我们呼喊的刺耳声一定来自一台扩音器。有东西在灯光中移动。在嘎吱作响的砾石路上,一个人影慢慢地向我们走来。他还没有走到我面前,在我看到他高大魁梧的身形和蓝黑色的头发之前,我就知道他是谁了。他手里举着——当然——一把手枪。

28

"后退。"戴尔探员说道,人群立刻照做了。

"你也是,我的女孩。"他对坐在我身上的丽塔说。

她愤怒地对我们俩发出咝咝声,但还是站了起来,退到其他人站的地方,他们都用手遮住眼睛,在那里看着。

戴尔探员扶我起来,搀着我朝灯光走去。

"你在这里干什么?"我呻吟着说道。

"我?我一直都在这里。"

"在这里?在镜林?"我看着他,并感觉到天空开始落下大滴雨水。

"没错。毕竟,我们并没有完全解开这个谜团。所以我在这里,以防他回来。"

"伊姆·乔纳森?"

"对。"

灯光来自一辆庞蒂亚克勒芒——很显然。不是红色的,也不是绿色的,而是淡蓝色的。我们坐进车的时候,云层终于散开,几秒钟内,雨滴就啪啪地落到车顶上了。

"就跟那天晚上一样,"戴尔探员说着按下一个按钮,咔嗒一声锁上了所有的车门。"你还记得吗?"他面带微笑地说,仿佛那是一段珍贵的回忆:那场雨,那场火,那次死里逃生,还有卡伦从屋顶上跳下来的情景。

"我什么都不记得了。"我轻声说道，试图透过风挡玻璃上的水流看到外面的东西。

"你当然记得了，"戴尔探员说，"毕竟，你可是为此写了一本书。"

"在今天晚上以前，我都以为书里的一切都是我编的，"我轻声说道，然后意识到我还抓着切肉刀，"包括你在内。"

"我？"

我揉了揉太阳穴。"我们现在可以走了吗，戴尔探员？"

"是的，可以了。"戴尔探员抓住方向盘旁边的一个控制杆，雨刮器启动了。雨水没几秒钟就被刮走了，我们可以看清外面了。他们的脸是苍白的，在灯光下近乎完全呈现白色。他们似乎毫不在意下雨或者被耀眼的灯光直射。他们正缓慢地，像机器人一般向我们移动，仿佛他们的时间无比充裕，而我们什么都没有一样。有东西映出一道亮光。是切肉刀。杰克在前面带领着人群，刀握在他的手上。

"开走，"我喊道，"从他们身上碾过去！"

"那样没用，"戴尔探员说，"看！"

我看过去。在他们身后，一辆电动越野车无声无息地开了过来，横着停在路上，挡住了我们的去路。

"在这里等着。"戴尔说着从肩部的枪套里拔出手枪，打开车门，走到大雨中。他又探身回来。"把扩音器给我。"我从中控台上把它拿起来递给他。宽阔的灰色圆锥体碰到了方向盘旁边的控制杆，雨刮器又关掉了。戴尔关上门，随后我在雨水的敲击声中听到了他那金属般放大了的声音：

"快停下，我以法律的名义命令你们！"

停顿。

"站住，我已经说过了！否则我就开枪了！"

我推了一下控制杆，想打开雨刮器，好看到外面发生了什么，却只是把前大灯从远光灯变为了近光灯。我听到一声枪响，在车里听起来只像一次轻微的爆裂声。接着又一声。然后是一声巨大的撞击声，但那只是雷声，在随后的隆隆声中，我什么也听不见。我意识到我需要扭转控制杆而不是推动它，雨刮器终于恢复了工作。当它们把水刮走时，又发生了一次碰撞。一个人的身体落到了汽车引擎盖上。是戴尔探员。他的脸贴在风挡玻璃上，仪表板上的灯光照亮了他的脸庞。他一头乌黑的头发披散在脸周围，眼睛茫然地盯着我。血还没从他额头上插着切肉刀的地方流出来。当他被向后拖时，脸上混杂着恐惧和顺从。他用不拿手枪的手拼命地抓引擎盖，但无济于事，他又抓住了一个雨刮器，雨刮器随之断掉了。接着，他就不见了。

我向左侧挪动身体，去按驾驶位车门上的按钮，想锁上车门，这时我听到有人在拉门把手。我坐到方向盘后面，一脚踩在油门上。发动机发出警告性的轰鸣声，就像水牛对一群正在进行攻击的狮子吼叫一样。我把变速杆滑到D挡，汽车在砾石上打滑，之后抓到了地面，向前冲去。随着一个接一个的身体在我的视野中来了又走，汽车从这些身体上驶过，我听到连续的轻微撞击声。庞蒂亚克撞向了越野车的后部——我指望车后部更轻，我的撞击足以转动越野车车身，这样我就可以挤过去了。但两辆车的距离不够长，庞蒂亚克无法获得足够的速度，结果越野车只发生了轻微移动，而我的车打滑了，停在了与越野车并排的位置。现在闪电之间的间隙更长了，我的车前灯直指森林，但我能看到黑暗中有东西在移动。我还可以看到那条小路，就在车头的正前方。我能在他们找到我之前赶到那里吗？这时有东西撞击了车的侧窗，我也得到了答案。在闪电映照下，我看到那是亨里克。他的下巴在上下移动,好像在咀嚼什么东西,当他举起一个球棒状的物体再次击打时,鲜血从他的嘴角滴落下来。我意识到那是一只手臂。一只断臂,上面还带着黑色的西装袖子。他又撞了一下,窗户碎了。他把双手向我伸过来,指甲划伤了我的脸。当你没有选择的时候,一切就简单了。我踩下了油门。

当庞蒂亚克的车头落到沟渠的另一边时,我被向前甩去,但沟渠不够宽,无法阻止汽车沿着小路继续行驶。这条路宽一米五,对这辆车来说太窄了,但只要我能保持一个前轮和一个后轮在路上,就可能设法建立某种领先优势。实际上比我预期的要好。我一路碾过撞到汽车右前车头的植被、灌木丛和小树,很快就撞碎了右前大灯。但在一盏大灯和一个雨刮器的帮助下,我还是成功地控制了车辆并保持在路上行驶。小路向河边倾斜,地势陡峭。我朝着那座桥驶去,但随后传来砰的一声,汽车突然停了下来,我的前额也撞到了风挡玻璃上。庞蒂亚克不动了,我看到车的右前车头撞到了一棵树上。我猛地挂上倒挡,并踩下油门。但轮胎失去了抓地力,雨水把路面冲得太过泥泞,我能感觉到车轮陷得更深了。

我踢开车门,开始沿着小路向桥和河流跑去,我可以透过树林看到那条河。我听到了身后树枝折断的声音。他们正在赶来,但如果我能跑到河对岸,就能赶在他们之前到达主路。

我到了森林的边缘,这时,又一道闪电照亮了到达那座桥之前毫无遮挡的最后一百米。我突然停了下来。有三个人正站在桥的中间。我确定他们还没有看到我,于是,我躲到一棵树后面向外看。又是一道闪电。他们每人一辆自行车。看起来像阿帕奇自行车。其中身形最大的那个人穿着一件伐木工夹克。看起来他们是在放哨,否则他们为什么会站在那里呢?我需要尽快做出决定。

这时，有人为我做了决定。

在一连串的闪电中，我看到一个人影从天而降，落在了桥上。其他三个人似乎并没有十分惊讶于一个赤裸的飞人突然站在了他们中间——相反，他们立即投入讨论中，边用手指指点点边摇头。他们三人显然十分投入，看起来还没有看到我。

我可以忘记过桥这件事了。

我向左边看去，我离那条从森林里流出的河只有十米远。它只有六米宽，或许八米，但看起来像一条肌肉发达的蟒蛇，扭曲着深色的躯体，盘绕着向桥爬去，就像多年以前一样。过了桥大约五十米，河道转向了，在那里或许可以在不被人从桥上看到的情况下过河。从那里到主路大约有一百米，也许一百五十米。到了主路上，就能找到一个晚上开车出来的友好的当地人，或者一个载着一车木材的卡车司机。我就安全了。

我听到身后有说话声，手电筒的光在树林里飞舞。我悄悄地向河岸靠近。我紧绷着身体，缓缓滑入水中，河水实际上比我预期的更温暖，可能是因为我这一路的奔跑。我仰面躺下，努力让身体漂浮起来，然后立刻就后悔没有脱下西装外套，因为感觉它正把我往水下拽。但我终于还是设法让自己的脸露出水面，能够呼吸。人的眼睛会自动发觉这样的动静，但如果我像这样躺着不动，他们可能就不会注意到我。

我抬头望着天空，闪电如此频繁，就像云层后面有一盏不稳定的荧光灯。桥上传来的声音越来越近。我的头没有动，我只是躺在那里，一动不动，就像一尊雕像或一块木头。然后那座桥和桥上的四个人影进入了我的视野。杰克和那个穿伐木工夹克的人正在热烈讨论，另外两个人正靠在栏杆上，俯视着河面。他们的面孔，还有整个场景，都有些熟悉，就像记忆的镜像。在一瞬间，我与其中一个人的目光相遇了。就像照镜子一样。当我从桥下经过时，能听到木板上有跑步声，当我从桥的另一侧出来时，又瞥见了同一张脸。我等待着，但他没有叫喊。接着他就不见了，我再次抬头看着闪烁着荧光灯的黑色天空。也许他认为自己看到了什么东西，但最后断定那一定是一块木头。

桥上传来的说话声渐渐消失在远处。河水转向了。我翻过身来，用力划了五六下到达岸边。但我找不到任何可以抓的东西，只有草，用手一抓就脱落了，突然我又回到了河里，被迅速带往下游。我试着脱下夹克，但我的右臂卡在了袖子里，被困在了背后。我呛了水，双脚下沉，一只鞋被树根或其他东西缠住了，于是我被拖向水下。我突然冒出了一个疯狂、近乎滑稽的想法：我要淹死了。我将消失不见，再也没人能找到我了。但随后我想起了一句老话：注定要被绞死的人不会被淹死。我把脚从鞋子里拔出来，设法把右臂从夹克里抽出来，并浮出水面。我游到岸边，抬高上身，恰好用一只手臂搂住了一根倾斜在河面上方的细树干。我在树上吊了片刻，只感觉整个人精疲力竭。然后我把疲惫放到一边，用尽最后的力气把自己拖到了陆地上。我仰面躺在那里，气喘吁吁。同时仔细听着。

什么都没有。没有说话声。但主路上也没有车。雷声听起来更遥远了，雨也变小了。树木在我头顶上方飒飒作响。我站了起来。

我从河岸旁的一个小坡上可以看到电话亭，它还在那里。还有主路。明亮而空荡。我的心一沉。但就在这时，在这条又长又直的道路尽头，我看到一对车前灯正在靠近。我跟跟跄跄地朝路上走去，我能感觉这两条腿很快就没法继续往前走了。灯光越来越近，照得潮湿的柏油路面闪闪发光。我强迫自己跑起来。就在接近主路的时候，我摔倒了。我跪起身，闭上眼睛对着耀眼的灯光，开始挥舞手臂。那辆车在刹车和降挡时发出一串呻吟声，接着喇叭声在四周回荡。

我以前听到过这个喇叭声。

我睁开了眼睛。是消防车。

它停在我前面大约五十米的路上。

我重新站了起来。

两侧的车门都打开了，他们跳了出来。我立刻认出了他们：穿着红色消防服的弗兰克，穿着警服的麦克莱兰警长，还有珍妮。

"嘿！"我喊道。"天哪，你们不知道看到你们我有多高兴！有——"

当我看到还有其他人的时候，我突然停了下来。

图书馆的齐默尔太太。罗里姆的校长和门罗太太。还有管理员卢卡斯。

我感觉胸口堵得慌。

"你们是从哪里来的？"我喊道。

没有回答。他们冷漠的表情，还有那机器人般的移动方式……最后一个从消防车里出来的是费赫塔·赖斯。他挥舞着手杖，迈着僵硬的步子向我走来，就像一条又老又瞎的狗突然又有了一点力气。

我转过身，电话亭后面的小山坡上站着其他人，一动不动，摆出恐吓的架势，就像老旧西部片中的印第安勇士。我喉咙发紧，只想躺下来哭。所以，也许只是我残存的生存本能让我跌跌撞撞地走——而不是跑——向电话亭，躲进去并关上了沉重的门。我闭上眼睛，但继续抓着把手。脚步声和低语声更近了。有人使劲拉门，但我成功让门得以保持关闭。外面的人咆哮着，就像一群饥饿的狼。又有人拉门，这次更用力了。我睁开了眼睛。他们的脸紧贴着电话亭四周的玻璃，就像一个用我认识的人的照片打造的画廊。唯独没有卡伦和伊姆。

"妈妈，"我轻声说，"你在哪？爸爸……"

电话响了起来。

我把脚跟插进电话亭的地板，身体向后靠，用尽全力拉住门，但门还是被一厘米一厘米地拉开了。电话铃声似乎越来越响了。

"不……不……不要都吃光，"一个人在外面喊道，"我……我……我也想吃一些。"

我拿起听筒。我一只手把它举到耳边，另一只手仍然试图把门关上。

"你好？"我轻声说。

"放手，"一个温柔的女声低声说，"放手，理查德，到我这儿来。"

"可是……"

这时，我感觉到听筒轻轻地咬住了我的耳垂，像是在玩闹。我努力挣脱，但它咬得死死的。我张开嘴想说点什么，但感觉到有什么东西抓住了我的舌头，把它向外扯。我低头看了看听筒末端的穿孔麦克风，我的舌头被卡在了上面，显然正被那些小孔吃掉。事情发生得很快。我的脑袋很快就会消失。竟然没有一丝痛感，我也不再恐惧了。然后我松开了门把手。放开了一切。

PART THREE

第三部

29

有光。

不够亮,但它就在那里,在我的眼睑外侧。

"他正在苏醒过来。"这个声音听上去来自遥远的地方。

我睁开了眼睛。

一位身穿浅蓝色衣服的女士正低头看着我,她面带微笑,看上去年纪较大。

"感觉怎么样?"

我努力说些什么,但舌头好像卷了起来。

"有点困惑吧?"她问道。她戴着一顶淡蓝色的塑料帽子,穿着一件淡蓝色的连体衣。

我点了点头。

"喝水。"她递给我一个玻璃杯,"你现在最好喝一点水。"

我喝了一口。水很苦,好像在溶解我凝结的唾液。我又喝了一口,这次味道好些了。

"你还记得什么吗?"她接过水杯问道。

"我记得正被一部电话吃掉,"我说,"从我头上两个不同的地方开始吃的。"

她微微一笑。"可能是这个。"她从身后的桌子上拿起了什么东西。看起来像有线耳机,只是用金属器件代替了耳塞。"这些之前附着在你的太阳穴和额头上,"她说,"你现在想起来了吗?"

我摇了摇头。

"接受ECT治疗时,记忆出现空白是完全正常的。"

"E……C……?"

"电休克疗法。"她的帽子下面露出了几根白发。

"我被……电击了?"

"是的,但你不会有任何感觉,你处于全麻状态。"

"我在哪里?"

"在巴兰坦医院。"

"巴兰坦没有医院。"

"我不知道有哪个地方叫巴兰坦,理查德。正如你所知,我们的医院是以罗伯特·韦林斯塔德·巴兰坦的名字命名的。你还记得吗,还是说这个也暂时不记得了?"她拍了拍我的手,"很快就会恢复的。"

我眨了眨眼。困惑就像一层薄雾一样笼罩着我的记忆,但我仿佛能感觉到太阳,它很快就会烧穿这薄雾的一部分。

"我认识这位罗伯特吗?"

"不,他早就去世了。"

"那我为什么要记住他的名字?"

"这个嘛,因为你在这里……很长时间了。"

"是吗?有多长?"

她打了个喷嚏,所以并没有立刻回答。当她再次露出微笑时,她的笑容中带着些许悲伤。"十五年了。"

我在房间里冲了个澡,换了衣服。房间里的设施很简陋:一张床、一张桌子、一个衣柜,旁边还有一个卫生间。就像在酒店,真的。我记忆中的空白开始逐渐恢复。我现在想起来了，我接受了电休克疗法是为了帮助我忘却。不是要忘记一切，只是一些非常具体的记忆——创伤记忆。这种疗法似乎奏效了。虽然我现在能记起周围的一切，记得昨天做了什么，今天晚些时候应该做什么，但我记不起有关这段创伤记忆的任何事情。我望向窗外。蔚蓝的天空下，阳光洒在开阔、起伏平缓的绿色草坪上，草坪在砖砌建筑之间一直延伸到落叶林。从这里看去，这个地方更像一个大学校园，而不是医院。感觉很熟悉，当然很熟悉。毕竟，我在这里住了十五年。那么，我似乎仍然记得的其他事情算什么呢？比如那部吃掉了一个我从未有过的同学的电话，我和一个女孩坐在一所我从未上过的学校的屋顶上一起度过的午休时间，那栋我从未见过的森林里的老房子，我从未去过的垃圾场里的那个男人……这些都只是梦吗？还是妄想性精神病的残余？或许这些我都经历过，也许这些就是他们试图抹去的记忆。

去食堂吃午饭的路上，我遇到了管理员，他正忙着换电梯上方的灯泡。"你看起来不错，乔纳森先生。"他说。自从我十几岁来到医院，住宅区的管理员就一直称呼我为"先生"。我一直认为这混合着轻松的玩笑和老式的专业精神，所以从未要求他使用我的名字。

"谢谢你，卢卡斯，"我说，"你现在在读什么书？"

"福斯特·华莱士的《无尽的玩笑》。"他说。他总是在读书，有时我会在他读完之后借过来读。

"好看吗？"

卢卡斯若有所思地看着烧坏的灯泡："好看也不好看。我可能会为你找本别的书，乔纳森先生。"

在食堂里，我自己盛炒饭。

"今天的味道很不错，但要小心点。"这位平时沉默寡言的厨师在柜台后面操着浓重的捷克口音说道。我猜他注意到了我盛得比平时多，大概是因为我在服用麻醉药之前必须节食。

我微微一笑："谢谢你的提醒，维克托。"

许多服用抗精神病药物的患者体重会增加。尽管他们早就吃饱了，但大脑和身体会告诉他们还想吃。就像杰克一样，他的体重会根据服用的药物变化而忽高忽低。幸运的是，我从来没有遇到过这个问题，这可能是因为我的饮食是计算好的。我知道我的身体需要什么，我就吃什么，而不是它试图说服我它需要什么。并不是说我还在幻听，不像许多被诊断为精神分裂症的病友那样。但我也知道，我需要控制自己的身体和头脑，这是我开始CBT疗法（认知行为疗法）时首先学到的。

我端着托盘，走到瓦妮莎正在擦拭的一张空桌子前。

"可以了。"她说，语调和口音跟维克托一模一样。我始终认为这就是维克托两年前雇用她的原因，就是为了有个他能用自己的语言与之交谈的人。

我慢慢地吃着，一边想着一点钟的治疗预约，一边凝视着修剪整齐的草坪和森林。

"没……没……没人吧？"

我抬头一看。"当然了。"

汤姆把托盘放在我的对面，然后拉出一把椅子。"电……电……电休克治疗？"

"对。你怎么……？"

他指着自己的太阳穴。"我看得出来。他们剃掉了连接电极的部位的头发。"

我点了点头。据说汤姆是病房里接受电击治疗次数最多的人。除非你是精神病患者,并且其他的办法——药物和各种疗法——都不起作用,否则他们不会这么做。据说汤姆曾有一次在没有麻醉的情况下让电流通过他的大脑,而且详细描述过当时的感受,以至于我在接受ECT治疗的前一天晚上都会做噩梦。

"我感觉你最近没有精神病症状了,"汤姆说,"难道没有人说你可以出院了吗?"

我又点了点头。是真的,我好些了。好多了。人们认为精神分裂症患者无法康复。但事实上,大多数接受治疗的人都会好转。其中一些情况大为改善,有些甚至完全没有了症状。这并不是说这些症状不会死灰复燃,但正如我的治疗师所说:"无论你是病人还是总统,每一个美好的日子都是一份礼物。"

"这是治疗创伤后应激障碍(PTSD)的,不是精神病。"我说。

"创伤后应激障碍,"他说,"我也有。"

汤姆快速地说了这句话,语气近乎骄傲,仿佛这是一枚荣誉勋章。奇怪的是,它可能真的是。在一个日常生活只关注症状的地方,人们最终通常会竞相想出最有趣、最罕见、最糟糕的诊断。如果你必须出问题,那不如就出大问题。不过,PTSD在精神分裂症患者中并不特别罕见。研究表明,经历过战争、暴力或虐待等创伤并随后患上PTSD的人,更容易发展成精神分裂症患者。我读过一项全基因组关联分析,显示与PTSD相关的基因和增加《美国精神障碍诊断与统计手册(第五版)》中定义的精神分裂症风险的基因有重叠。简而言之,我得出结论:如果你经历了严重的创伤,并且家族中有精神分裂症病史,那你的处境就危险了。这个结论不仅仅基于我读到过的内容。

"他们已经开始使用电击来消除创伤记忆了。"

"你在开……开……开玩笑吧。"汤姆说。

"不,他没有开玩笑。"杰克坐到我们的桌子旁说道,他目前身材相对较瘦,正在服用剂量适度的药物,"他们已经做了将近十年了。先是用老鼠,现在是人类。你知道,我们跟老鼠基本上是一样的。你接受了多少次治疗?"

"四次。"我说。

"有作用吗?"

"我不记得了。"

另外两个人大笑起来。

"不,我想你肯定记不起已经忘记了的东西了。"杰克一边说,一边大口吃炒饭。

"我开玩笑的,"我说,"我能记起来。但它有点支离破碎,若隐若现,就像……"我戳了戳食物。

我看到杰克在椅子上不停地挪动身体。"就像什么?"他说。正如受不了下了一半的国际象棋或不对称的东西一样,杰克受不了说了一半的话。

"晨雾。"我说,然后看到他平静了下来。

杰克声称他没有得精神分裂症,而是有分裂样人格障碍,也就是前者的温和版本。还说他没有出现幻觉、妄想、偏执、幻听、暴躁,也不像哈利那样,像一座沉默、静止的雕像,凝视着天空。相反,杰克很感激他被赐予了恰到好处的疯狂,他声称有一天这将让他成为世界著名的画家、作家或编舞家,并让世界上所有的女人都匍匐在他的脚下。因为研究表明——他实际上可以提供相关的文件——分裂样人格障碍不仅与创造力和艺术才华密切相关,还与魅力和性吸引力密切相关。

午饭后，我穿上运动鞋去跑步。通常，我的跑步路线是从主楼后面开始，会经过一扇破旧的锻铁大门。大门上面有字母缩写B.A.，访客们被告知它代表巴兰坦，但我们这些在这里住过一段时间的人都知道它其实代表的是巴兰坦精神病院（Ballantyne Asylum）。我沿着这条路跑了十到十二分钟，然后转入树林，绕了一圈后从树林里出来，就到了一直延伸到主楼前的草坪的边缘。在森林里的某个地方，我突然意识到我实际上并不认识自己。我并不担心，我知道，电击治疗后记忆中出现的空白通常在几天后就会恢复。至少，我们不想抹去的那部分会恢复。但当我从森林里出来看到主楼时，我突然觉得自己又复发了，认为这一切都是幻觉。

但接着我想起来了，我的脉搏又慢了下来。

这座建筑有着所谓学院哥特式的风格，有四层楼的中央部分和两侧的下翼。较高部分的屋脊有两个角。有些人称之为"夜之屋"，因为很多病人——像我一样——会在这里醒来，觉得他们来到这里之后的岁月都是一场梦。这是一座迷人、友好的建筑，现在阳光明媚，但即便如此，出于某种原因，它还是让我不寒而栗。也许是我在麻醉时梦见了什么。我跑回来，洗了个澡，准备接受治疗。我觉得我的心率有点快。当我去见我的治疗师时，总会出现这种现象。

"理查德，今天感觉怎么样？"

"挺好的。"

"听说ECT进行得很顺利。"

"对。"

治疗师从笔记本上抬起头，把她那男孩般的短刘海从前额和眼睛前面拨开。现在只有我们两个人。和往常一样，我们坐在治疗室里，这是一个通风的大房间，布置得像一个舒适的客厅。她摆弄着她用作书签的粉色发夹，然后用蓝色的眼睛盯着我。她面带微笑，那笑容散发着阳光，让你觉得她不仅看到了你，而且只看到了你。但你不必是精神分裂症患者就可以心存这种幻想。你的治疗师是异性，年龄合适，而且并非完全没有吸引力，所以爱上对方的想法显然再正常不过了，如果病人最终没有动心，你甚至会觉得病人有问题。卡伦·泰勒满足了所有的标准，很遗憾我也没有问题。我无可救药地坠入了爱河。我愚蠢到无可救药，以至于我有时会认为这种感觉是相互的，只是她作为一名治疗师的正直感阻碍了她。尽管她做了我将近四年的治疗师，对我脑海中最肮脏、最令人反感的角落一清二楚。我唯一能为自己辩护的是，我之所以如此敏感，都是拜她所赐，因为是她让我相信我值得被爱。不管怎样，无论是不是我想象出来的，我仍然坚信这一点，因为经验表明，她身后墙上的镶框刺绣上的话或多或少是对的——"被爱的人是富有的"。越富有，越快乐，越健康。

"想想你所经历的种种，"她说，"你还记得我们是什么时候开始的吗？"

我点了点头。在这个过程中显然出现过一些挫折，但进展是无可争辩的。即使我可能不得不终身服用药物，但现在的剂量很小，副作用可以忽略不计。在与高级顾问协商后，卡伦得出结论，如果他们成功地抹去了构成PTSD诊断基础的创伤记忆，将降低我再次患上精神病的风险。简而言之：我可能能出院。

这就是我想要的吗？

窘境显而易见。我从十几岁起就住在这里了，我从未有过工作，也没有资格证书，从未有过女朋友，也没有学过外面的社交规则。我从父亲这边的亲戚那里继承了一些钱，再加上我出租公寓的收入，这意味着我可以住在一家巴兰坦这样的私立医院。所以我在里面有什么用呢？我已经开始把病人的角色看作我的工作，看作我对社会的贡献。我提供了工作岗位，并允许医院利用我测试对抗精神分裂症更令人不快的那些方面的新疗法。此外，他们说任何社会的质量都可以通过它对待最弱势成员的方式来衡量，那么肯定要有人——为了衡量这一点——自愿成为最弱势的人吧？

是的，很明显，这是一种合理化解释，它构建了一个现实，即我活着是有意义的，早上起床用摆在面前的食物填饱自己，再活一天。日复一日。既然看到了自己在现实中存在的意义，我留在这里做这些不是更好吗：继续教导精神病学界如何将常规治疗和电击治疗结合起来，来消除精神病引起的创伤记忆？这一做法，简单地说，就是我先详细描述创伤，随后不久就被麻醉并进行几次电击。的确，这项技术已经有十年的历史了，但他们仍然有很多不知道或不理解的地方。

"今天上午，你做ECT之前，我们就坐在这里，"卡伦说，"你还记得吗？"

"不记得了，"我说，"但我在房间里的日历上看到了，所以我知道治疗发生了。但我记得昨天、上周和去年的一切。至少我认为我记得。"

"从麻醉中醒来之前，你记得今天的什么事情吗？"

"是的，"我说，"很多。"

"很多。比如呢？"

"火灾发生后，我参加了学校的同学聚会。"

"你记得火灾后在教室里？"

"不，我只是在做梦。"

"你这么说是为了不让我说妄想又复发了吗?"

"事实上,患有精神分裂症并不意味着你不会像其他人一样做梦。"

卡伦轻声笑了笑。"好吧,继续。"我知道她现在信任我了,因为随着时间的推移,我已经表明我并没有撒谎,我邀请她进来并向她展露了内心。她说自欺欺人是保护自己免受痛苦的一种方式,我的诚实表明我变得更强壮、更健康了,我的承受能力更强了。

"首先,我梦见我住在一个小镇上,父母死于火灾后我被送到那里。然后我的一个同学被电话吃掉了,另一个则变成了昆虫。每个人——除了我爱的女孩——都认为我有责任。还有……"我咽了下口水,"他们是对的。是我的错。但是,最后,我救了那个女孩。"

我看到卡伦记录着什么。我猜是"我的错"几个字。

"这就是整个梦境吗?"她问道。

"不。突然十五年过去了,我成了一名作家,我编造了电话吃人和人们接连消失的故事,现在它成了一部非常成功的青少年恐怖小说。这就像我梦到自己在做梦,你明白我的意思吗?"

"《梦中梦》。埃德加·爱伦·坡。"

我微微一笑。她喜欢看书,这是我们的共同点之一。

"没错。不管怎样,十五年过去了,我回来参加同学聚会。晚上一切都很正常,但渐渐地,奇怪的事情发生了,我意识到我编的故事竟然都是真的。或者说,无论如何,是我正在亲身经历的那种真实。其他人,除我之外的所有人,都在追我。他们想吃掉我。"

"你觉得这是个梦中梦,还是你梦到自己精神分裂症复发了?"

"我不知道,因为我是从内部看到的,一切看起来都是真实的。你说过,做梦可以让别人知道妄想是什么感觉。"

"在一定程度上,是的。在梦中就像在妄想时一样,我们接受对物理定律的破坏、不可能的悖论和内部的自相矛盾。"

"这正是当时的情况。只是它在某种程度上还说得通。是有点道理的,你明白我的意思吗?"

"什么道理?"

"就是……"我停下了。仿佛我只想到了这里,但没有想得更远。但随后我又继续说:"就是不管怎样,都是我的错。他们都在追我,因为是我的错。"

"理查德,你犯了什么错?"

"所有的一切。"我双手捂着脸,"我知道,他们都说我是典型的偏执狂,但做梦的时候有点偏执难道不可以吗?"

我确定她在笔记本上写下了"偏执型精神分裂症"几个字,这是我最初的诊断结果。

"当然,"卡伦说,"我们大多数人都会时不时地做一些偏执的梦。"

"你也会吗?"

她微微一笑,摘下眼镜擦了擦。"理查德,我们聊聊你的创伤记忆,好吗?"

"好的。"

"我们不会深挖,我们不想让它们复活,只是想看看今天的电击治疗是否又冲掉了一些。"

"好的。"

"那你还记得那场大火的哪些东西?只需要简单描述即可。"

那场大火。我不得不思考一下。很明显,我记得那是关于一场火灾的,但奇怪的是,一开始一切都是空白。接着我想起来了。

"我们放火烧了房子。"我说。

"我们?"

"我和双胞胎。然后我们逃跑了。橡树的树根试图抓住我们。门通了电,反倒救了我的命,因为这意味着我可以抓住门不放手。但随后我的脚离开了地面,整个人被往回拉。幸运的是,弗兰克和戴尔探员及时出现救了我。"

"弗兰克和戴尔?"卡伦一边做笔记一边问道。

"对。"

"没了吗?"

"你说你想要简单描述。"

"是的,好吧,没关系。"她说,但我能看出她自以为被妥善隐藏了的担忧,"只是这不是我想的那场火。"

"不是?噢,你是说我在田里放的那场大火,就是我跟弗兰克和珍妮一起住的垃圾场旁边的那场?"

"弗兰克和珍妮。"她平静地重复着,一个几乎无法察觉的耸肩动作,表明我的最后一句话让她有些不安。

"放松,卡伦,"我说,"这不是妄想,我只是在向你讲述我的梦。这是我唯一记得的与火灾有关的事情。"

她的笔落到镶木地板时,发出砰的一声,但她似乎没有注意到。

"那是真的吗,理查德?"

"我为什么要撒谎?"这个问题的答案既明显又真实。是为了取悦你,卡伦·泰勒。为了能看到你微笑,我会不惜一切代价。

我弯下腰,捡起笔递给她。她的肩膀慢慢放松,一个洋溢着……洋溢着幸福的笑容浮现在她的脸上。

"你知道吗,理查德?我觉得你看起来不错,我觉得看起来真的很好。我去叫其他人过来，你介意等一下吗？"

我点了点头。"其他人"是指与患者密切合作的治疗师、精神病学家和心理学家团队。因为，正如他们所说，人类的思想太复杂了，一个人无法得出所有正确的结论。

她的脚步声沿着门后的走廊渐渐消失，我看着她留在椅子上的笔记本。她以前从未落下过。其实，在过去的四年里，她从未在我们会面期间离开过我。仅此一点就告诉我，今天是个特殊的日子。很自然地，我在想接下来会发生什么，但更重要的是，我想知道卡伦这些年来都在笔记本上写了什么。因为是同一个笔记本，我能认出棕色皮革封面上的每一道皱纹和每一个细微之处。我有多少次幻想过她在其中写关于我的东西。每次会面后她在电脑上敲出来并提交的日志是一回事，它们显然是绝对专业的内容。但这个笔记本是另一回事，里面可能记载了她对病人的直接、个人、私密的看法和思考。不是吗？她会在笔记中透露自己的信息吗？

我犹豫了一下。

随后我身体前倾，从椅子上拿起笔记本，拔出粉红色的发夹，开始翻阅。我并没有预想会看到什么显眼的东西，比如一个小女孩的铅笔盒，我喜欢库尔特·科本，诸如此类。但我从经验中得知，当你坐下来乱写乱画时，最终出现在纸上的未经过深思熟虑的想法往往比精心构思的想法更具启发性。所以，当我很快意识到这些笔记与最终写出来的日志（如果我要求看，她总是让我读这些日志）具有相同的专业风格时，我感到很失望。

目前状态：R.J.穿着得体，能进行良好的正式和非正式交流。他清楚时间、地点和当前的情况。没有现实缺失或出现幻觉的迹象。情绪正常。语言表达能力良好。

我又看了几页。都是些熟悉的东西,就像在看自己的照片。

4月11日11时15分:R.J.在谈论自己的跑步时放松、风趣、迷人。我们继续昨天的话题,再次谈到他的童年,R.J.重申,在父亲生病之前,他与父亲和母亲都有着和谐而充满爱意的关系。R.J.的肢体语言和情绪中性而克制,但当我们谈到那场火灾时,他会像往常一样发生变化。然而,这比治疗刚开始时有所改善(即突然的侧目、长时间的沉默、明显的幻觉迹象)。肢体语言和声音仍然显示出焦虑不安的迹象,在描述父母的遭遇时比讲述他自己所处的危险时更明显。我毫不怀疑,这起事件引发了R.J.的诸多问题,要应对这种创伤,还有很多工作要做。ECT是一种选择吗?我想建议团队重新考虑这一选项。也许R.J.可以用一种新的、更深刻的方式来谈论这一事件,因为此刻他似乎只是在重复他以前说过的话,带着同样的痛苦,但没有任何新的见解。

当我松开把几页纸夹在一起的发夹时,两张折起来的A4纸掉了出来。我把纸打开,看到上面写满了字。标题是"大火"。我读了开头的几句,惊讶地发现我既不熟悉其中的内容,也不记得写过这些话。但毫无疑问,那是我的笔迹。我犹豫了一下。我意识到所冒的风险。我已经接受了认知行为疗法和电击治疗,如果现在读了这个,一切都可能付诸东流。另一方面,只有读了这个,我才能真正证明它有效,真的抹去了不想要的记忆。

我闭上眼睛。深吸一口气。然后再次翻开那两张纸。

大火

那年我十三岁，爸爸病得很厉害，我开始担心他的状况。他曾经时不时出现怪异的行为，但他现在出现了妄想。比如，他指责妈妈趁他不在家的时候跟街上的陌生人——有男人，也有女人——放肆狂欢。还把他的东西卖给他们。作为证据，他提到了西装、手表、乐器、收音机，甚至是他从未拥有过的汽车，他声称这些都不见了。在其他的日子里，他可以一动不动地坐在那里，盯着墙看上几个小时，一言不发，不吃不喝，而这更糟糕。每次发生这种情况，我都害怕自己已经失去了父亲。妈妈试图让爸爸强制入院治疗，但他的家人拦住了她，他们说其他有同样"古怪"的行为倾向的家庭成员都过得很好，他们只是需要休息。还说，在没有必要的时候把他送进精神病院会让家族蒙羞。

一天夜里，爸爸把我叫醒，说有声音告诉他，说他和我是连体双胞胎，我们出生时臀部相连，后来被分开了。我之所以看起来比他年轻，是因为衰老基因在他的身体里，这意味着我会衰老得慢得多。他给我看了他臀部的一个疤痕作为证据，我说我没有疤痕，他不相信，非让我脱掉睡衣让他检查。妈妈被吵醒了，她走了进来，误解了她所看到的场景。尽管我解释了当时的情况，说爸爸从来没有对我动手动脚，绝对不是她想的那样，但我能看出她还是不信。

几天后，妈妈告诉我，爸爸打了她，并拿刀威胁她。警察把他带走了，但除非她发起正式的诉讼，否则他们还是会放了他。我的祖母——爸爸的母亲——建议（几乎是威胁）她不要那样做。他们同意爸爸搬回祖父母家住，他在好转之前不能接近我们。妈妈更换了我们公寓门上的锁，我问她为什么，她说爸爸永远也不会好起来，你只需要看看他的两个叔叔就会知道这一点。我问他们怎么了,她说我最好不要知道。

第二天爸爸来到我们的公寓。他通过了临街的大门,但当他到达我们位于九楼的公寓时,发现锁被换了,便勃然大怒,开始用力敲门。

"我知道你在里面!"他咆哮道,"让我进去!理查德,你听见了吗?"

妈妈和我站在前门旁边的厨房里,她搂着我,一只手捂着我的嘴。"不要回答。"她低声说,声音因哭泣而哽咽。

他继续敲门。"我知道你妈妈不会让我进去的,理查德,但是你,理查德,你会的!你是我的亲骨肉!这是我的家,是我为你打造的!"

我想挣脱,但妈妈紧紧地抱着我。他又敲又踢又喊了十分钟,声音悄悄带上了抽泣:

"垃圾!"他喊道,"理查德,你是垃圾!你的母亲会被烧死在地狱里,你对此无能为力。因为你又小又弱,是个懦夫。你是垃圾。你听到了吗?你是垃圾。你会让我进去的。"

差不多半个小时过去了,我们才听到爸爸在沿着走廊离开时的叫喊和咒骂。

妈妈打电话给奶奶,告诉她刚刚发生的事情,奶奶说她会从家庭医生那里拿一些药,她说她知道爸爸出了什么问题,也知道如何照顾她的儿子。

但就在两天后,爸爸又回到了我们的门外。

"你们两个都会被烧死的!这是我的公寓,这个孩子是我的亲骨肉!我的亲骨肉!"

最后，一些邻居走出了他们的公寓，我们听到了他们在走廊里的说话声。他们设法让爸爸平静下来，最终把他带出了大楼，我透过窗户看到他穿过街道。他在下面看起来是那么渺小和孤独。

那天晚上我做了一场噩梦。在梦中，我不是一个独立的人，而是他背上长出来的赘生物。奇怪的是，当爸爸站在那里敲门并对妈妈大喊大叫时，我也加入了。我感受到了他的绝望、愤怒和恐惧。也许是因为我对爸爸的爱和敬佩胜过这个星球上的所有东西，尽管我也爱妈妈。我很难说清楚自己究竟敬佩他什么。爸爸是一个普通人，是一个勤奋的保险推销员，没有什么特别的天赋，只是能把两根手指伸进嘴里吹口哨，声音比我认识的任何人都大。没错，爸爸来自一个富裕的家庭，但我认为他实际上让他们失望了。可对我来说，爸爸仍然是世界上最重要的人。大概就是因为这个，他说什么我就做什么，没有丝毫反对。就像妈妈常说的那样，像一条训练有素的狗。但也许还有另一个原因让我——至少在梦中——站在爸爸一边，尽管这显然是错误的。是因为妈妈对爸爸不忠，我知道，前一年她和她的老板有染；他们一起在学校旁边的图书馆工作。班上的一个男孩告诉我，他看到了他们在书架之间接吻，说我妈妈是个荡妇。我打了他一拳，然后被叫到了校长办公室，进了那扇可怕的红门。但也没那么糟糕，我只是坐在那里假装听他对我说教，自己什么也不说。放学回到家，我什么也没有跟爸爸说。但我告诉了妈妈他们在学校里说的话，她哭着承认曾和她的老板有过一段婚外情，但现在已经结束了。似乎是为了证明这一点，晚饭时，她宣布自己已经提交了辞职申请，这让爸爸感到很惊讶。他说她看起来在那里工作很开心。然后，似乎是为了安慰她，他补充道，重要的是做一份让她快乐的工作。她对他笑了笑，而我则低头继续咀嚼食物，强忍着拥抱他的冲动。

爸爸放火烧公寓的前一天晚上，我躺在床上听着城市的喧嚣。尤其是警笛声，我喜欢那种声音，忽高忽低，那近乎哀怨的声音总是让我浑身颤抖，因为警笛声响起就意味着出事了。与此同时，这也是代表安全的声音，因为他们在处理案件，一切都会安然无恙，因为有人在守卫着大家。这就是我想做的，守卫大家。我想成为一名警察，最好是一名联邦调查局探员，有一辆警车，车顶上有蓝色的灯，以及为城市居民奏响睡前摇篮曲的警笛。

我醒来时，一开始以为是警笛声，但随后便意识到是客厅里的电话铃声。

我在床上躺了一会儿，意识到妈妈不会接听。也许是她把爸爸赶出去后医生给她的安眠药起作用了。铃声停了，但就在我快要重新睡着的时候，它又响了起来。我的心怦怦直跳。因为我很清楚是谁打的。我站起来，悄悄地走进客厅，尽量不让双脚碰到冰冷的地板。我拿起了电话。

"你好？"我轻声说。

我听到了电话里的呼吸声。"理查德，我的孩子，"爸爸夹着嗓子，说话的音调高得像一位女士，"你把门打开。"

"打开？"

"我要进去。你也想让我进去。"

"爸爸……"

"嘘。你是我的孩子。你是我的亲骨肉，你会照我说的做的。"

"可是……"

"没有'可是'。我现在好多了，但你妈妈不明白，她也不想听。但我必须和她谈谈，好让她意识到我们三个人应该在一起。我们是一家人，不是吗？"

"是的,爸爸。"

"是的,爸爸,什么?"

"是的,爸爸,我们是一家人。"

"很好。所以打开门,然后回去睡觉。等你明天早上醒来,妈妈和我已经把事情解决了,我们会一起吃早餐,一切都会像以前一样。"

"可是你……"

"我吃了药,我已经平静下来了,我好多了。打开门,然后回去睡觉,理查德,你明天还要上学。"

我闭上了眼睛。想象了一下那顿早餐。从我坐的椅子上,我可以看到街道另一边的大楼,太阳还藏在它后面,但它让大楼罩上了光环,随着爸爸妈妈简短谈论着生活的琐事,安排一天的活动,光环逐渐升起。家人。爱。安全。归属。意义。

我还记得我正躺在床上。我刚从梦中醒来。梦到妈妈、爸爸和我开车穿过平坦的森林,我们正在去监狱的路上,去看望爸爸的一个叔叔,路上尘土飞扬,风挡玻璃很脏,有一股玻璃水的味道。我躺在床上听着。我仍然能闻到玻璃水的味道,还能听到什么声音,也许是椅子翻倒的声音。我下了床,走到过道里。烈酒的味道扑鼻而来,我光着脚,镶木地板的触感又湿又黏。妈妈卧室的门开着,有灯光从里面射出来。我蹑手蹑脚地走过去,往里面看。

果然,地板上躺着一把椅子。椅子上方妈妈吊在那里。或者更确切地说,她在慢慢地旋转,两只赤脚看起来像在向地板伸去,试图够到地面。她半透明的白色睡衣在滴水,滴答,滴答。因为她的身体在转动,起初我看到的是她的背影,看到她的双手被绑在一起。然后她的正面转向我,我抬头看去。她的头发黏在脸上,仿佛被雨淋过。她的嘴上粘着银色的胶带。她的眼睛是睁开的,但眼神空洞茫然,我知道它们什么也看不见。她脖子上的绳子的另一端绑在天花板上,也就是挂灯的那个钩子上。我以前从未见过尸体,但我知道:妈妈死了,就像我知道自己还活着一样。我喉咙发紧,但当我看到那个黄色的小火苗时,我还是设法挤出了那句话。

"不,爸爸。不要这样。"

爸爸慢慢地转过身来,他站在妈妈旁边,用梦游者的眼睛看着我。他脸上露出了温柔的笑容。

"可是,我的孩子,我已经告诉过你了。如果你真的想杀死他们,你必须杀死他们两次。否则,他们就会复活。"

他举起打火机,火焰蔓延了妈妈睡衣的边缘。接着砰的一声闷响,仿佛所有的空气都被吸出了房间。然后妈妈被火焰吞没了。我只能透过火焰看到她。火焰落在地板上,地板也着了起来。我后退了一步,凝视着沿着烈酒痕迹向我蔓延而来的火焰,就像黄蓝两色的长长的手指。我不想退缩,我想冲进去,把被子裹在妈妈身上,把火扑灭。但我的身体拒绝服从。因为爸爸——和往常一样——说得对。我是个胆小鬼。弱者。垃圾。所以我退缩了,远离房间门,沿着过道往后退,而那些饥饿的火焰一直在我身后蔓延,直到我打开自己房间的门,进去后把一切都关在门外。然后我用手捂住耳朵,闭上眼睛,尖叫起来。

我不知道我这样站了多久,当我感觉到热浪拍打着我的脸和身体时,我睁开眼睛,看到爸爸正站在过道里,他身后的整个走廊都着火了。我停止了尖叫,但尖叫声仍在继续,我花了一点时间才意识到这不是尖叫,而是火警警报声。爸爸走了进来,关上门,然后蹲在我面前,一只手放在我的肩膀上。外面的警报声从连续的哀号变成了间歇性的号叫。在这号叫声之间的间隙,我能听到火焰的声音,一种越来越大的爆裂声,就像成千上万的蛆虫在啃食尸体。

"我必须这样做。"爸爸用他柔和的声音说,这是他告诉我必须让校医给我打针时的声音,或者跟我解释他为什么不能带我去电影俱乐部看《活死人之夜》(是因为妈妈不让)时的声音。"那些声音是这么说的,他们最清楚。你明白的,对吗?"

我点了点头。不是因为我真的明白,而是因为我不想让他认为我不理解他,我不站在他那边。爸爸把我拉近了。

"你也听到那些声音了吗?"他在我耳边低语道。

我不知道该点头还是摇头。在火警的呼啸声之间,我能听到远处传来的声音。不是说话声,而是警笛声。

"听到了吗?"他重复着,同时轻轻地摇了摇我。

"他们在说什么?"我问道。

"你没听见?他们说我们要飞走了。你和我,我们要飞走了,就像……就像两只萤火虫。"

"去哪里?"我问道,试图抑制住卡在肚子和喉咙之间的抽泣。

爸爸咳嗽了一声。然后他站起来走到窗前。他拉开窗帘,然后打开中央支柱两侧的窗户。我立刻感觉到一股夜晚的冷空气扑面而来,仿佛公寓一直在憋气。他凝视着外面的天空。

"你看不到它们,因为我们身处城市里。"他说,"但你知道吗,理查德?在那上面,有数百万只像我们一样的萤火虫,冻结在时间里。繁星。它们闪闪发光,给人指路,但没有人能抓住它们。来。"

他爬上窗台,蹲在窗户里。现在他向我伸出了手。但我仍然站在门口没动。

"快来！"他说，当我听到他的语气发生了变化，变得尖锐而强硬时，便立刻服从了。

他拉着我的手，把我拉到他旁边的窗台上。我们一起蹲在窗户中央支柱的两侧，头伸到窗外，他紧紧地抓住我的手。如果我们中的任何一个人再向外探出一点并摔下去，另一个人也会摔下去。警笛声越来越近了，我可以看到街道上人们开始聚集，越来越多的人走出大楼门口加入了他们。我抬起头，真的以为能看到星星，星星在天空中跳舞。他的手包裹着我的手，很温暖。这感觉并不真实，仿佛这一切都只是一场梦。

"是不是很美？"爸爸说。

我没有回答。

"我数到三，然后我们就飞走，"他说，"好吗？一……"

"爸爸，"我轻声说，"求你了，别把我的手抓得太紧。"

"为什么？我们必须手牵着手。"

"你把我抓得紧，我没法飞。"

"谁说的？"他说，他没有放松，反而握得更紧了。

"那些声音，"我说，"那些声音是这么说的。那些声音最清楚，不是吗？"

他看了我很长时间。"二。"他用没有声调的声音说道，他的身体开始向前移动了。我想，这不是梦，它正在发生，我们马上要摔下去了。

"三。"他说，接着我感觉他温暖的大手略微松开了些。我迅速把手抽了回来，抓住了中央支柱，我看到爸爸半转过头来看着我，脸上露出惊讶的表情。然后他的脸庞就不见了。

几秒钟的工夫，我盯着他的身体从大楼的一侧无声地落下。它消失在黑暗中，并一次次在亮着灯的窗户外面闪现。火灾警报停了，我只听到消防车的警笛声，仿佛在说："我们在路上，我们在路上。"我没有听到爸爸的身体摔到下面的柏油路上的声音，只听到人群的尖叫声。随后是他们看到我在九楼的窗户上时发出的喊叫声。我不知道在窗台上等了多久，但当消防车赶到，消防帆布在我下面展开，他们喊着让我往下跳的时候，我身后的床已经着火。现在街上的所有人都在喊，就像大合唱一样。

"跳，跳，跳！"

于是我跳了下去。

纸上的文字到此为止。

我又读了一遍开头的几句，寻找着某个我找不到的东西。我找不到的那个人，那个显然经历过这一切的陌生人，抑或编造了这一切的人。但这仍然没有让我回想起什么。这意味着我被治愈，已经康复了吗？好吧，是截肢后的那种康复。

是的，事实上就是这种感觉。但我怎么能确定呢？

我听到了脚步声，迅速把发夹塞了进去，合上笔记本，把它放回椅子上。

"理查德！"高级顾问罗西博士一边笑着说，一边用两只手握住了我的手，好像我们是要好的朋友。考虑到我在这里待了十五年，而他在巴兰坦待了八年，这么说不无道理，但我更喜欢保持一定的距离。另一方面，罗西相信医生和病人之间的障碍能被消除。他过去常说，如果人们都是好人，那么加入私人感情就不存在风险。我猜如果你在像巴兰坦这种每个病人都能分到充足资源的地方工作，这话说起来和做起来都要容易些。

他身后站着卡伦和戴尔。戴尔是一名心理学家,也在大学做研究员。他正在研究电击治疗在消除PTSD患者的创伤记忆方面的效果,并跟踪我和另外两名在巴兰坦接受同样治疗的患者。与罗西不同,戴尔穿着一套无可挑剔的黑色西装,一如往常,与他近乎蓝黑色的浓密头发相匹配。

"我听说治疗进行得很顺利,我们可能会失去你了。"我对面有三把椅子,罗西坐在其中一把上面,身体后倾,跷起二郎腿,他穿着舒适的旧牛仔裤和复古的耐克鞋。罗西是那种穿着大学时的毛衣,用年轻时的旧物装饰办公室的人。他可能希望这能让他显得男孩子气、平易近人、迷人。就像初代卢克·天行者人偶,或者第一版《沼泽怪物》,封面上有一只咆哮的大蝙蝠。有一天,当罗西把我一个人留在他的办公室,我甚至想过偷一件他的旧物,只是为了好玩。

"这还有待观察。"我说着看向戴尔,他也坐了下来。他挺直了腰板坐着,对我点了点头。

"看起来很有希望,"他说,"但即使你出院了,我也希望能继续跟踪你的进展。"

"看起来很不错,理查德,但我们不应该过于乐观,"罗西说,"你是在一场家庭悲剧后来到这里的,从那以后就一直在这里了。你没有参与过外面的生活,我们也不能指望这种转变会一帆风顺。"

"被收容了。"我说。

"嗯,没错。我们正在考虑建议你从每周外出两天开始,如果之后看到事情进展顺利,我们会增加天数。理查德,你觉得怎么样?"

这么长时间以来,我一直相对健康,现在人们认为我可以对所有事情发表意见了。

"我觉得这样很好……"我说,希望他没有注意到我差点在句末说了"奥斯卡"。罗西喜欢我们直呼他的名字,我不知道自己为什么就是做不到。这不仅是保持距离的问题,我还注意到了他看卡伦的眼神。

"太好了,"罗西两手握在了一起说道,"现在,让我们看一看结果,看看你取得了哪些进展,并讨论一下你未来的药物和治疗。"

显然不会有任何讨论,但患者如果觉得自己参与了决策过程,会更愿意配合。

"我们会想念你的。"卡伦说,她正和我一起沿着小路向森林边缘走去。戴尔和罗西完成工作并离开后,卡伦说她有一个小惊喜,算是告别礼物。

"我一周只离开两天。"我说。

"所以我一周会想你两天。"她微笑着说。

很明显,我听到了她最后那句话说的是我而不是我们。当然,这可能只是口误。是有意为之还是无心之举并不重要。她是治疗师,我是病人,根据精神病协会的道德准则,两者永远不可能结合。除了在我的想象中。如果说有一件事是我擅长的,那就是运用我的想象力。

"你害怕吗?"她问道。

"外面的生活?"我意识到我在无意中模仿奥斯卡·罗西的声音和那上流社会的语调。"嗯,我以前试过,一段时间内还算顺利。问题是……"

"是什么?"

我耸耸肩。"我没有任何有益的事情可做。没有适合我的环境。作为一名患者,至少我是一台更大的机器的一部分。"

"我考虑过了。"她说。

"哦？"

"我们都需要做点什么，这样才能感觉到自己对社会是有益的。"她向老园丁费赫塔挥了挥手，后者正像国王一样坐在一台日本产的割草机上，在草地上来回滑动，但他没有看到我们。"我知道你可以以病人之外的身份做出贡献。"

"那是什么？"

我们沿着小路进入森林，阳光透过树叶照在我们身上。

"你还记得我们开始电击治疗之前，我让你尽可能详细地写下你的创伤记忆吗？"

"不记得了，我应该记得吗？"

"不记得也没关系。我这样做是为了让我们——当我们回顾每次会面前的记忆时——能够把一切都记录下来，而不会遗漏任何一条会让你以后重新回想起那个特定事件的线索。但当我读到你写的文字时，我发现了其他的东西。"

"哦？是什么？"

"你喜欢写作。"

"什么意思？"

"你不只是写了一份报告。我不知道你是故意为之，还是顺势而为，但你变成了一个讲述者。你试图把过去发生的事重现给读者，你努力把它变成了文学作品。"

"好吧。"我假装怀疑地说道，同时我也产生了情绪的波动。兴奋。仿佛这就是我一直在等待的东西。"我做到了吗？"

"是的，"她简洁明了地说，"至少在我看来是的。我把它拿给其他几个人看了，他们都同意我的看法。"

我的肺和心脏仿佛都膨大了，我就像刚做了剧烈运动，只觉得肋骨和后背之间的空间太窄了。但这是幸福造成的。还有骄傲。为写了一段我不记得自己写过,但不久前读过的文字而骄傲。其他几个人,我想着。这对我来说意义重大。

我们穿过森林中的一座小木桥,跨过小溪。四周响起此起彼伏的鸟鸣声,就像黎明前我窗外的景象。我们到了一座小山,山顶上有一座避暑别墅,我慢跑时通常会从那里路过。

"来。"卡伦说,她揽住了我的胳膊肘,手轻轻地擦过我的手。

避暑别墅呈六边形,安装着玻璃幕墙,几乎像一个温室,它把一棵老橡树围在中间,橡树则为房子提供了阴凉。卡伦打开门,我们走了进去。里面有一套以前没有的桌椅。桌子上有一台打字机、一叠纸和一笔筒的笔。

"我不知道你想用电脑还是打字机,"她说,"还是手写。甚至不知道你想不想写。"

我看着她。她笑容满面,但眼睛眨得很快,脖子上有几块深红色的印记。

"噢,"我说着咽了下口水,同时望着外面四周的小山,"我想写。我想试试用打字机。"

"太好了,"她说,我能听出她话里的如释重负,"我认为这儿可能是一个能给人灵感的地方,至少是个开始写作的地方吧。"

我点了点头。"一个开始写作的地方。"

"那好,"卡伦说,她双手合十,踮起脚尖,就像她高兴或兴奋时常做的那样,"我就不打扰你了,你想在这里待多久就待多久。"

"谢谢,"我说,"这是你的主意,不是吗?"

"我猜算是吧,是的。"

"我能做些什么回报你吗?"

"哦。等你出院了，不再是我的病人了，去看电影怎么样？"

她试图让这句话听起来随意、若无其事，而不是轻浮，但她显然练习过，要把它说得轻松淡然。

"也许可以，"我说，"对电影有什么特别的要求吗？"

她耸耸肩。"某部浪漫烂片吧。"她说。

"一言为定。"

她走出去，关上了门。透过玻璃幕墙，我看着她消失在森林里。我绕着桌子走了几圈，移动椅子，试着坐在上面。地板并非全平，坐上去有些摇晃。我把一张纸放进打字机，敲了一下按键进行测试。按键比我预期的更硬，但可能只需要多加练习就习惯了。我挺直腰板，把椅子拉近了些，但它还是会摇晃。然后我用两根手指费力地打下几个字：

夜之屋

"你……你……你……你疯了。"汤姆说，看得出来他很害怕，因为他比平时多结巴了一次。